こんなツレでゴメンナサイ。

望月昭
画・細川貂々

文藝春秋

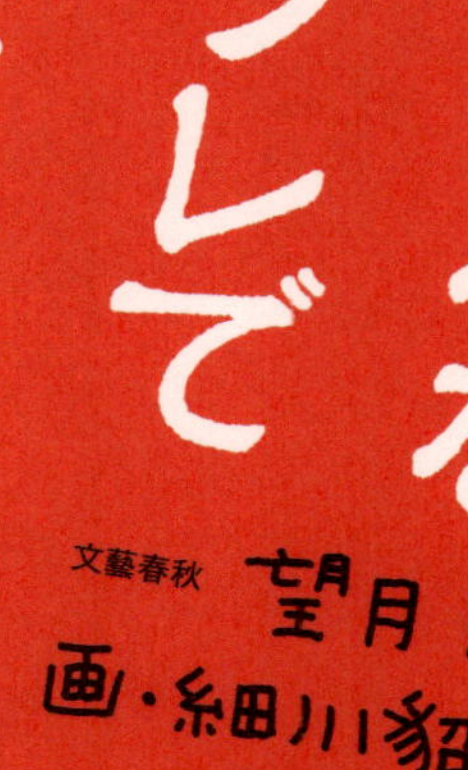

こんなツレでゴメンナサイ。

ツレがエッセイを書きました

ふん ふん
なるほど
へえー
ピクッ
ん?

なんじゃこりゃ!!
えっやっぱりダメ?

ここに
書かれている
私は一部
美化されてるので
ごまかされないよう
お気をつけ
ください。
（特に言葉使い）

クス
ツレって意外とロマンチストだったんだね‥
ねーどこがダメ？

目次

第2章 問題は回復期なんです 77

第3章 僕はこうして相棒と出会った 109

第6章

『ツレうつ』以後の僕たち　215

まえがき

僕は二〇〇四年にうつ病になってしまった。

そのことで、それまでとは生き方が変わってしまった。スパッ、と変わったわけではない。だらだらと、試行錯誤しながら変えざるを得なかった。

それで、二〇〇六年には、ほぼ良くなった。

病気になって、苦労して、それで良くなったことを語ろうということで、この本は「元うつ病患者の本」ということで「体験記」なのだ。だけど、病気になったきっかけも情けないし、病気に対する対処のしかたも要領を得ていない。だいいち、今は良くなったといってもそれも怪しいものなのである。こんな本が何かの役に立つのだろうか?

僕もいろいろな本を読むのが好きなのだけど、やっぱり人生や物事で成功した人の本を読むのが参考になると思うのである。この本はそういう意味では失敗した人の本だ。

だけど、失敗とはいっても、僕の場合は多少複雑だ。僕は失敗したと思ってクヨクヨした。でも、そういう成功とか失敗に囚《とら》われないような気持ちになることが、うつ病の回復にとっては必要だったのだ。そして、僕の大切な相棒（漫画家の細川貂々《てんてん》）は僕の失敗からささやかな成功を導き出してしまった。僕の闘病を観察記として『ツレがうつになりまして。』というコミックエッセイの本にしたのだ。この本は、同じ病気に苦しむ人たちとその家族の支えになり、やがてはうつ病とは直接関わりのない人たちの間でも広く読まれるようになった。病気のある日常を描いた、夫婦二人の生活の様子が、時代の空気とマッチしたのかもしれない。なんだか大変な世の中になってしまったと誰もが感じているんだろう。

細川貂々を『ツレがうつになりまして。』で初めて知ったという読者からの声も届いた。だから、彼女の名前を広く世に知らしめたという点では、大きな成功を僕の病気から導き出してしまったといえるだろう。そして、僕たち夫婦に興味を持ってくださった方も多くいたようだ。

なので、僕もこんな本を書くことにした。漫画のキャラクターとして、カメのように布団を被《かぶ》って泣いていた僕が、本当はどんなことを考えていたのか文章で書いた本というのも、うつ病になった当事者の声としては読みごたえがあるだろうと思ったからだ。

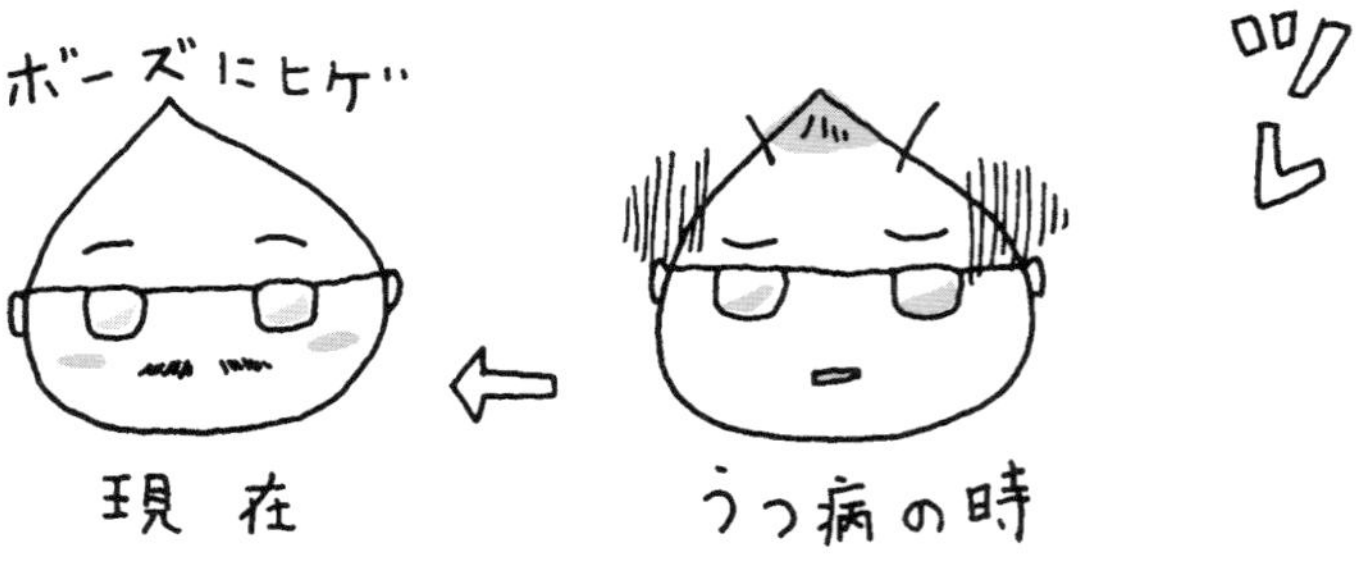

それと、今、本当に増えてきてしまった、うつ病の人とその家族に向けて、この病気は必ず治るんだというメッセージを伝えたくてこの本を書くことにした。

うつ病に縁のない方でも、この病気のヘンテコで嫌らしいところをつかみとっていただけると思うし、病気でなくてもなにかと生きにくい世の中だと感じている人には、いろいろ共感していただけるのではないかと思う。まあ、軽い気持ちで読んでください。

簡単に自己紹介と登場人物の紹介をしよう。でも、病気のときの話なので、世界は狭いし登場人物も少ない。

てんてん
細川貂々になる前
なった後

僕　望月昭（もちづき・あきら）。漫画家である妻に「ツレ」と呼ばれている。東京オリンピックの年に東京で生まれ、幼少期をヨーロッパで過ごした。でも就学時に戻ってきたので、教育のほとんどは日本で受けた。国立大学の文学部卒。バブルの頃には元祖フリーター。けっこうフラフラしていた。それで、少し真面目にやるかと思って通い始めた絵の専門学校で「未来の細川貂々」となる女性と知り合って結婚する。結婚してからはマジメになり、うつ病になったときは外資系ハードウェアメーカーのサラリーマン。

相棒　漫画家・細川貂々（ほそかわ・てんてん）。大阪万博のちょっと前生まれ。駆け出しの漫画家という立場を十年も続けた怠け者。本人の自称

「なまけ姫」は、アニメ映画の「もののけ姫」から来ている。僕がうつ病になったときは所得ゼロの被扶養者だったが、僕が働けなくなるとがぜんやる気を見せ、何冊も本を出すことができるようになってしまった。僕は昔から彼女の才能を信じていたので、ちっとも不思議なことではないと思っているのだが……。

イグ　グリーンイグアナ。爬虫類《はちゅう》のくせに人間並みの知性アリ。喋《しゃべ》れないが首を振ってコミュニケーションする。ときどき発情期で暴君になる。ノストラダムスの恐怖の大王降臨予定だった年（一九九九年）に我が家に来た。ペットという存在だが、子供がいない僕たち夫婦にとっては長男的存在。舌が長くて、わりとベロベロ舐《な》めている。

他にもいろいろな人が出てきますが、その都度説明いたします。

第1章

僕とうつ病

病気になる前は「絶好調」だった!?

僕は二〇〇四年の一月にうつ病という診断をされ、患者となったのだけど、そのときに発病したというわけじゃない。その三ヶ月前くらいからずっとおかしかった。体調が悪いことを自覚していたので、病識があったということになる。

不調の内容は、不眠と、下痢・便秘を繰り返す胃腸の不良だ。食欲もなかった。

さらに不調になる前のことをさかのぼると、これまた妙な具合だったのだ。

妙な具合、というよりは、自覚的には絶好調だったといっていいだろう。

自分がおかしい、とは思わなかった。天賦《てんぷ》の能力を発揮しはじめているのだ、天才だったのかもしれないと、そんなことを考えていた。ちょっと躁《そう》病みたいだ。

今から考えれば、大いにおかしい。とてもおかしい。

あれもこれもと欲を出し、寝る間を惜しんでいろいろな企画を手がけた。だから、実質的な不眠はこの頃から始まっている。勤め先でも意欲的だったと思うし、地域の活動や、

ツレの出勤スタイル
・毎朝 7時35分に家を出る。 52分の普通電車 3両目に乗る
ハ
新宿で買った 4,800円の メガネ
曜日によって決まってる ネクタイ (もらいもの)
大手町で買った 7,000円のシャツ
ユニクロで買った 7,000円のリュック
スーツは青山 32,000円 くらい
結婚ゆびわ
浅草で買った 2,800円のクツ
リュックのなかみ
・お弁当 自分で作る 曜日によっておかずがちがう
・水筒 ホット プーアル茶が 入ってる
・MDプレーヤー クラシックをきくため
折りたたみ傘・アメ ばんそうこう・仕事の道具
ポケットのなかみ
かいちゅう時計 (てんてんのプレゼント)
ハンカチ
定期券
さいふ

同窓会にも積極的に顔を出した。ネットで知り合った人たちと音楽活動のようなこともしていた。

単なる躁病と割り切れないのは、いろいろな活動がそれなりに空回りせず功を奏していたことと、その活動的になる直前に、かなり落ち込んでいて、開き直って活動的になったのだ、と自分で思っていたことがある。

落ち込んだことのきっかけは、職場の健康診断で何度も何度も再検査をされ、程度の悪い貧血と内臓の働きの悪さを指摘されたことだった。特に貧血はずっとひどかったので、子供を作ることも無理かろうと言われていた。そこでどうしたことか、僕はそんなに長くは生きられないと思ってしまったのだ。

二〇〇二年のＮＨＫ大河ドラマは、戦国武将の生き様を描いた「利家とまつ」だったが、反町隆史扮する織田信長の「敦盛《あつもり》」の舞をみながら、僕は相棒に向かって言っていた。

「戦国時代には、人間は五十年の寿命と言われてたんだよなあ。でも信長も五十年生きられなかったし、僕もそんなに長生きはできないと思うんだ」

「……はぁ？？？」

相棒は目を白黒させていた。

それで、それから絶好調が来る。

そんなに長く生きられないのなら、せめて悔いのないように生きるまで、と開き直ったゆえの絶好調だと自覚していた。しかし、絶好調なふりをしているうちに、本当になんだか活動的になってしまったのである。二〇〇三年のことである。

折あしくというべきだろうか。勤め先で大リストラがあり、残った皆さんはどうぞ奮起してくださいということになった。別に僕だけ特別に懇願されたわけではない。

しかし僕は絶好調だった。社長の訓示にオーバーに共感してしまい、しかも自分の力を過大評価していた。自分が頑張れば、会社も前のように業績が上がるし、僕も出世しちゃうかもしれない。よーし頑張るぞ、とマトモに受けてしまったのだ。

周りの人はそうではなかった、と今にして思う。職場の雰囲気はすこぶる悪かった。

管理者側から見て仕事ができなさそうな人を辞めさせてしまっていたのだが、実はそういう人たちが、職場の潤滑油だったのだ。叱られ上手だった若い男の子たちがいなくなり、駄洒落《だじゃれ》ばかり言っていた営業部長もいなくなった。朝出勤してもアイサツの声もほとんどない。出勤した途端に全力で仕事を始める無愛想なメンバーばかりになってしまったのだ。

確かに、残された社員は能力も高かったのだろう。だけど、現状を否認し、お互いがお互いに責任を押し付けるような雰囲気が横行していた。能力に自負のある人たちは序列をつけたがるので、僕はあえて、自分が能力が低く失敗も多いという立場を引き受けた。叱られ役を引き受けて、駄洒落も言った。本来の自分からしたらちょっと理不尽なんだが、知らず知らずのうちに潤滑油役も果たすようになっていたのだ。さらには、雑用的な立場も引き受けた。ビルの避難訓練に参加するとか、水漏れの後始末とか、誰もやりたくない仕事は僕の仕事だ。

空回りだけど、おどけて、おちゃらけてみせていた。でも心の内は、悲しかった。

もともと苦情処理を中心とする、サポートセンターの仕事をしていたのだが、サポートを一人でこなした上、初期不良を中心とする交換・修理業務。在庫の管理、外国の本社との交渉、税関や運送会社との手続き、エトセトラ・エトセトラ……。

サポートの仕事は、ユーザーからの切羽詰まった訴えに対応しなければならない。

「お宅の製品で海外対応のモデムカードを買ったのだが、留学中の娘からうまく使えないと連絡があった。向こうの昼間に電話をかけて、うまく使えるように案内してやってくれ」

という、初老の父親らしき人からの切々とした訴えを聞かされたり。

「今すぐここに来て直さんかい」

と、関西に住んでいるユーザーから怒鳴り声の連絡が入ったり。

「電器屋が来て、お宅の製品をセットしたら、パソコンが壊れてしまった。電器屋はお宅に賠償を要求しろと言っている」

と、他人の尻拭いをさせられたり。

製品自体にも、海外生産品としての欠点であるところの故障も多かったので、正当な訴えと不当なものを切り分け、できるだけ誠意を持ちつつ、可能な対策のリストを相手に受け入れてもらうのが主な仕事だった。

一番忙しい時期には、何人かで手分けしてやっていたので、仕事は大変でもそれほど孤独ではなかった。しかし、僕が一人で対応していたときには、仕事自体の量は減ってきていたが、やっぱりとてもストレスフル。さらに孤独ゆえに対応を間違えることもままあった。

修理は基盤を交換するだけの簡単なものだが、僕は技術者ではないので、これもよく失敗をした。そして一番ストレスを感じたのは、外国の本社との交渉だった。

新製品のサンプルが届き、日本語化されたマニュアルを見ながら使ってみる。ちゃんと使える。それで出荷の依頼をかける。数日後に量産された製品が届く。倉庫に指示を出して手元に取り寄せると、これがサンプルと異なっている製品だったりする。マニュアルの通りに動かない。焦って外国の本社に連絡をする。しかし……。

「自分たちのところでは何の問題もない。何を言っているのか？」

と英語でまくしたてられてしまう。マニュアルの通りに動かないのだと幾ら説明しても埒《らち》があかない。それで自分の独断で製品の販売を止める。騒ぎになる。本社から技術者がやってくる。

僕の目の前で、本社から来た技術者は、製品の箱からマニュアルを取り出す。するとなんと、それは僕の手元にあるマニュアルとは異なっている。

「この製品はマニュアルの通り動く。君の言うことは間違っている」

と言われてしまう。サンプルと出荷品が異なることや、マニュアルを替えたことも連絡済みであり、非は僕の注意不足にあると英語でまくしたてられてしまうのだ。僕はうなだれ、製品の販売をスタートしてもらうよう手配する。技術者は国に帰る。

しかし、出荷した製品が、今度は別のトラブルを起こす。それで僕がまた外国の本社に連絡をするが、今度はまったくとりあってもらえない。

「ミスター・モチヅキ。君の言うことは信用しないよ」

そんな感じなのだ。

いろいろと気が滅入ることも多かったのだが、それでも自分のやることは山のようにあったので、すぐに気持ちを切り替えて、目の前にある仕事を片付けることに専念していた。

調子の良い日には、どんどん仕事が片付いたし、心にひっかかることがあっても「まあ、なんとか、なるさ」と先のことは考えないようにしていたのだ。

いよいよ、うつ病になる

リストラはさらに段階を増し、残った社員は一〇人から一人また一人と削られていった。会社の方針は知らされていなかったが、常に日本法人の撤退という選択肢が視野に入っているのは明らかだった。

人員を減らすのに比例して、仕事の総量も減りつつはあった。ただ、いろいろな種類の仕事を、ますます同時並行的にこなさなければならなかった。頭の中でシミュレートしなければならないことも多く、だんだん夜に眠れなくなった。取り越し苦労だったのかもしれないが。

自分では、一晩中まんじりともしなかったと思っているのだが、布団に横になっていて、突然雷鳴のようなイビキをかいたり、咳き込んだりしていたらしい。相棒に鼻をつままれている状況で目を覚ますということがよくあった。しまいに布団を追い出され、廊下に別の敷物を敷いて横になることになった。

不眠が慢性化していた頃から、記憶力が弱まってきたのか、当時のことを克明に思い出すことができない。ただ、職場に行っても、モウロウとした状況でかなり格好悪い失敗をしていたようだ。同僚や上司にいろいろと叱責《しっせき》された記憶がある。直前まで自他ともに絶好調だったのだから、いいかげんな手抜きを始めたと思われていたのかもしれない。

不眠がしばらく続くと、眠れないで頭の中で考えていたことを事実と誤認したりするのだ。

頭痛や便秘にも悩まされていたし、頭をスッキリさせるため、常にチューイングキャンディーなどを嚙んでいた。

いつもなんだかボーッとしていて、仕事は失敗ばかり。さらに口の中でクチャクチャ嚙んでいるのだから、上司や同僚からすれば不真面目なことこの上なかったと思う。しかし、その最悪な状況のまま、二〇〇三年の歳末を迎えた。

なぜか僕は毎年の歳末に体調を崩す。そして年末年始の休暇を寝て過ごす。例年だと、年が明けるとスッキリして働き始める。その毎年の習慣を相棒や職場の上司、同僚も把握していたので、僕の不調も「今年は激しいがまあ毎度のことだろう」程度に見逃されてしまったのではないだろうか。

ところが、二〇〇四年が始まっても僕の不調は収まっていなかった。

そして、ついに「気持ちの落ち込み」が自覚されるようになる。今思えば、これがうつ病の典型的な症状の始まりというところだ。

気持ちの落ち込みが自覚されるまでは、ひたすら身体的な不調であると思っていた。もちろん、眠れないのであるし、気分のほうも相当に冴えないのだが、それも風邪が治らないせいだと思っていた。体調が悪いというほうにばかり気を取られていたのだ。

うつ病の主症状は、やはり気持ちの落ち込みになるわけだが、身体的な不調をメインに訴える場合は「仮面うつ病」というらしい。仮面というのは直訳で、マスキング、つまり隠されてしまったうつ病ということだ。しばらく僕もそんな感じだった。

しかし、年が明けてからは風邪が治らないだけではない。もうどうにも気持ちが落ち込んで滅入ってしまって仕方がないのである。そして、どうしたら良いのかわからない。しばしば作業の途中に手を休め、放心したようになってしまった。電話を取っているときにも言葉が出てこなくて、黙ってしまう。

そして、トイレに行くたび（奇妙に頻尿《ひんにょう》になった）「死にたい」「死んでしまいたい」「死

うつ病になる前のツレ
はりきってやるぞっ
すごい!!眠れないけどがんばれるっ
自分は24時間働ける男だっ
目の下にクマ
カゼひいて治らないけど
体の調子ヘンだけど
でも まだがんばれる!!
もうだめ
死にたい…

んじゃうよ」と呟《つぶや》くようになった。実際にはモウロウとしていたと思う。

でも、何で落ち込んでいるんだか、自分でも全然わからない。理由がないのである。忙しくてストレスが溜まっているのかとも思ったのだが、実際には自分の失敗で仕事を増やしてしまっているだけだ。仕事がうまくできないことで、気分的に追い立てられているのだ。落ち着いてやれば大丈夫なはずなんだと思う。思うのだが、全然気持ちが立て直せない。

いろいろな判断を間違えたり、他人と会話していて、その意図を汲《く》み取るのがうまくできなかったり、なんだかとてもトンチンカンな人になってしまっていた。そして、突然、誰かが悪意でもって自分を追い込んでいるのではないかと誤解したり、どんどんメチャクチャになっていた。これは普通の落ち込みでは、ない。

いわゆる落ち込みというのは、仕事の場で失敗をしたり、あるいは失恋や大切な人をなくしたりしたときにそうなるものだが、そんな体験と似ているようだが、似ているようでこれは全然違っているのである。

そのうちに幻聴みたいなものも出はじめた。目の前の他人が、突然、それまで言っていたことを覆《くつがえ》した発言をしたと誤解したりした。僕の意識の中では「それは全部ウソ」と相手が言ったのが確かに聞こえたのだ。それから、通勤の途中に突然、高校のときの担任の教師に似た声で「みんなに迷惑をかけるようなヤツは今すぐ死んでしまえ」と怒鳴る声が聞こえたりする。どう考えても幻聴なのだが、僕はもう「どっちでもいいや」と投げやりな気分になってしまっていた。そして、ひたすら落ち込む。何が正しくて何がまちがっているのか、よくわからない……。かなりモウロウとしていた日々だったので、ほとんど治ってしまった今としては、自分の記憶でさえさだかではない。当時の殴り書きのような日記をみても、まるで共感できないのである。記憶は少しはあるのだが、他人の記憶のようだ。

「自分はたぶん今が人生でいちばん幸せなのだから、今すぐ死ぬべきなのだ」とかそういう意味のことが書いてある。幸せだったのか？　自分。

相棒に言わせると、僕はスーパー建前野郎だったそうだが、以前は「人間が一番してはいけないことが自殺だ。自殺は他人を殺すことよりもさらによくない」と主張していたとよく言われる。そう、確かに主張していました。

その僕が「死にたい」と思い始め、その言葉が心の中だけではなく、言葉として周囲に漏《も》れるようになってしまった。家では控えていたつもりだったのだが、やっぱり言っていたらしい。相棒は「フツウじゃないことが起こっている」と思ったそうである。

頭の中では「死にたい」をブツブツ繰り返し唱えていて、こりゃもう本当にアブナイのである。今から思い出してもよく死ななかったと思うのだ。死ななかった理由は、あまりに日常の些細《ささい》な失敗が多くなってきていて、自分の判断にまったく自信が持てない。自分は（たぶん）いろいろまちがってばかりいるのではないか、と思えてきたからだろう。「死んだほうがいい」と思う気持ちもまちがいで、なにか病気がそう思わせているのではないか？　という予感もしっかり芽生えてきた。

でも、もちろんまだ「うつ病」という病気のことなどは頭になかった。なんか、どうも病気らしいぞ、と思うくらいだ。それで、そんなときに相棒に「会社に行く前に病院に寄っていくこと。それができないならリコンだ」と厳命されてしまったのである。

使い物にならない自分にビックリ

僕は相棒に厳命されたので、会社に行く前にクリニックに寄ることにした。

心療内科もある内科で、個人が経営している小さな病院である。心療内科があるということは、それまで意識したことはなかった。僕はこの内科で、持病の貧血を診てもらっていたのだ。健康診断の結果も渡していた。

このクリニックで病状を話したところ「うつ病ですね」と軽く言われてしまい、僕は混乱した。「うつ病って、あのうつ病だよなあ。ストレスとかでへへへへ変な人になるとか言う」と僕は心の中で思った。

もしかしたらニヤッと笑ったかもしれない。

笑うというとなんだか不真面目なようだが、自分の中で解けなかったパズルが整合したというか、腑《ふ》に落ちるところがあったのだ。

僕は、理由はわからないが、自分がとても妙ちくりんになっていると思っていた。おかしな人がやるようなことを、言ったりやったりしていると自覚もしていた。そして死にたくもなっていた。自分がうつ病というのなら、説明はつく。

ただ、自分の中では、「大したストレスなどないぞ」と思っていたので、病気になってしまったのはちょっと不可解だった。以前もっとずっと大変だったときにも、うつ病なんかにならなかったのに。げっそり痩せたり、逆に肥ったり、そういう体の変化はあったけどおおむね大丈夫だった。

だから、この程度のことで病気になるのか、トホホ、情けない、とも思った。

病院では「落ち込みを抑える薬」と「不眠に効く薬」を処方された。「落ち込みを抑える薬」というのはフルボキサミンという抗うつ剤。「不眠に効く薬」はフルニトラゼパムという睡眠導入剤。抗うつ剤のほうは即効性はないが、必ず効くので飲み続けるようにと言われ、ストレスの多い状況を改善して、できれば休養を取るようにと指導された。

僕は病院を出て、公衆電話から相棒に報告した。携帯電話を持っていないのは、職場で電話サポートの仕事をしていたため、私生活では電話がキライだったからだ。

電話に相棒が出た。電話で聞く彼女の声はなんだか細い。

「うつ病、なんだって」

と僕は言った。

「はぁ？？？」

と相棒はビックリしていた（ようだ）。

相棒は、僕が「尋常ならざる状態」であることを見抜いていたが、それまでもよく内臓の検査でひっかかっていたことと、お菓子のバカ食いをやるので「肝臓の病気か糖尿病」あたりを疑っていたようだ。「うつ病で落ち込んでいる」という、あまりの直球ぶりに度肝を抜かれたのに違いない。

「じゃ、会社行くから」

と僕は会社に向かった。会社に行く前に病院に寄ったので、これでリコンされずに済む。職場ではあいかわらず失敗も多かろうし、それで今日も責められるだろうが、うつ病だということは当面隠しておいたほうがよさそうだ、と考えていた。


会社に病気のことを隠そうとしたことも含めて、その頃の僕のやることは、常に判断がまちがってしまっていた。ほんとうによくまちがえた。右と思えば左、左と思えば右。二つに一つの判断では必ず逆に判断していた。確率七対三くらいの予想を判断するところでは、必ず実現可能性の少ないほうに賭けているギャンブラーみたいだった。雨の日には傘を忘れ、晴れた日にレインコートを持っていった。

僕の病気は、やがて職場のメンバーに知られることになったが、これも最悪のタイミングで告白していたように思う。処方された薬はよく効いたのだが、落ち込みを抑える薬は副作用がまず出てきたし、不眠を抑える薬も効きすぎてボーッとしてしまった。腹が痛い、気持ちが悪い、尿が切れないということでトイレから出て来られなくなってしまい、さらにはトイレで寝てしまったりもした。

僕が行うべき仕事が惨憺《さんたん》たる状況なのは確かだった。ユーザーからの苦情は溜まり、机の上にはファックスの用紙があふれ、修理しないで修理品を返却したりもしたので、着払いで荷物が再び送りつけられていた。

上司も見るに見かねてか、僕を叱責した。

「ミスター・モチヅキ。君は自分のやるべき仕事がきちんとできていない。オーバーフローになっているじゃないか。時間が足りないのか、能力が足りないのか、突発的なことが起きているのか、きちんと報告を上げてくれたまえ」

僕は半ばふて腐れたような口調で言った。

「時間も足りません。能力も足りません。突発的なことは何も起こっていないので、報告はしませんでした」

上司は、たぶん絶句していたと思う。

「時間が足りないということはないだろう。能力だって、以前の君はちゃんとやっていたじゃないか。突発的なことが起きていないのなら、なぜだ？　不真面目に過ぎるんじゃないか？」

「突発的なことと言えば、僕が病気になったことです。うつ病だそうです」

相手が怒っているタイミングで、こんなことを言っても、喧嘩を売っているだけにしか聞こえなかったに違いない……と今にして思う。本当に何をやっていたのだろう自分。

案の定、上司や同席した同僚は口々に言った（と記憶している）。

「まあ、わが社を取り巻くこの状況では誰だってうつ病になる。俺たちのほうがお前よりもよっぽど重いうつ病になりそうだな！」

それで、僕の病気の件はオシマイになった。

薬を飲み始めて二週間ほど経つと、気持ちの落ち込みが少し収まり、前向きな考えも出てきたりもしたのだが、周囲の空気も読めず、仕事での失敗を積み重ね続けてしまう。

苦情処理係がうつ病になるというのは、なかなかに最悪のことなのである。

少し回復して、前向きに仕事をやろうとすると、これがまた、かえって悪いほうに話を転がしたりしてしまう。現場も自分、責任者も自分。できないことを約束してみたり、約束をやぶったとまた責められる。

そんなことをしているうちに、自分が病気で、病気のせいでダメモードなのだとわかっているのに、また死にたくなった。朝起きて会社に行こうとする。会社に行きたくないと思う。会社に行けないくらい弱い人間なら死んだほうがマシだ。と飛躍した考えを抱く。

常にまちがった判断を繰り返す僕をみていて、相棒がついに切れた。

「今すぐ会社を辞めてちょうだい。会社辞めなかったらリコン！」

また相棒の厳命が出てしまった。僕はリコンだけはしたくないのだ。

これは本当に病気なんだなあと実感

会社を辞めてしまうことには、かなり抵抗があった。

僕は二十代はフラフラしていて、三十代になってサラリーマン生活を選択したものの、正社員としてマトモに収入を得るようになるのには苦労したのだ。

それで、四十歳を目前にして、また会社を辞めてしまったら、再就職にすごく苦労するだろう。賃金もずいぶんと下がってしまうかもしれない。

勤め先から得られる安定した収入で、売れない漫画家の妻と、毎日山盛りの野菜を食べるグリーンイグアナを扶養していたのだ。唐突にイグアナが出てきたが、子供のいない僕ら夫婦にとっては、体長一五〇センチ、体重七キロのグリーンイグアナ（名前はイグ）が子供代わりだ。

イグアナは人間の子供ほどにはお金がかからないが、半人前くらいはかかる。冬場の暖房に電気代がかかるし、夏は餌代がかかる（冬は電気代二万円プラス餌一万円、夏は電気代一万円プラス餌二万円といった感じだ。常に月三万円程度）。いや、イグアナどころではない。僕の収入がなくなったら、イグのパパとママであるところの人間だって食うのに困るのだ。

と、お金の心配はしていたのだが、相棒はなぜか心配していないようだった。以前にかなりリアルな貧乏暮らしをしていたこともあって、貧乏に対する心構えはできているようだ。それよりも毎日失敗を重ね、意気消沈し、死にたいと呟《つぶや》きつづけている僕の存在のほうが脅威だったようだ。

その時点でベストな選択は、医師に診断書を書いてもらってそれを送りつけ、ただちに休職生活に入ることだったろう。休職が認められれば、社会保険から休職手当も出る。正社員として勤務し、保険料を払っているのだから、まさにそんなときのための保険なのだ。ただ、そのときの僕はそんな制度について知らなかった。保険料を払っていても、社会保険とは医療費を安くしてもらうだけのものと思っていたのだ。それに、知っていたとて、そのときの判断ミス連発の僕がその制度を活用できたかどうかはわからない。

相棒も休職制度については知らなかった。幾つもの会社で正社員経験のある彼女だが、やはり知らないものは知らないのだ。ただ、彼女は判断ミスはしなかった。彼女の考えで

家計に対する意識のちがい
ボクが会社やめたら
一家そろって生活
できなくなる
どうしよう・・・
ツレが会社
やめたら
こっとう市で
ガラクタが
買えなく
なるなあ
ムフー
ムフー
何も
考えて
ない

は職場自体にも問題があり、同じ仕事を続けていれば良くならないし、良くなったとしても再発すると考えたようだ。

「病気でずるずると働いて、不健康な状態が続くより、会社をスパッと辞めて病気を治そう。健康になれば、また生き生きと働けるようになるよ。そのほうが、毎日楽じゃん」

「なるほど、そうかもなあ……うーん」

病気の状態が長く続くよりも、短いほうが絶対にいい。彼女の言うことはもっともだ。それで、結果的には僕は彼女の判断に従った。


会社を辞める決意は固まったのだが、辞めるといってもすぐには辞められない。辞意を切り出したのは一月末だったが、二月末まで働いて仕事を引き継ぐように指示された。自己都合退職なら妥当なスケジュールである。

薬も少し効いてきている。二月という月は日数的にも短い。有給休暇だってたんまり残っている。なんとかあと一ヶ月くらいは働けるだろう。僕はそう考えた。

あとから考えれば、これも判断ミスだったと思う。僕はもう働ける状態ではなかったのだ。そして職場のメンバーも仕事を引き継ぐ余裕などなかった。それまでと同じ量の仕事があり、さらに判断ミスで常に作業はオーバーフローしている。そしてその時点ではみなが引継ぎを拒否している仕事に関して、作業手順をひたすらマニュアルとして残すべく努力をする。病気だと自覚しているのに、また仕事を増やしてしまったのだ。

もしかしたら僕は被害妄想的だったかもしれない。自分が職場を去るので疎《うと》ましがられていると勝手に思い込み、コミュニケーションに問題をきたしていたのかもしれない。さらに病気についても「全然大丈夫です」と虚勢を張り、しかし失敗ばかりしていたのだから、他のメンバーはどうしていいのか手をこまねいていただけなのかもしれない。

ただ、僕自身の主観からすると、孤立無援の状況で、さらに自分を追い詰めてしまっていた。家に帰って布団に入ると、頭の中でざわざわと声が聴こえて眠れず、寝たら寝たで朝に起き上がれなくなってしまっていた。それでも会社に行かねばと義務感にかられ、自分の顔を殴りつけて起き上がっていた。当時の写真を見ると、不健康に腫《は》れあがっていて、それに自分で殴りつけたアザが目立つ。鬼気迫る状況だったかもしれない。

有給休暇は使うなと言われたが、それでもどうしても週半ばになると動けなくなって二、三回は使ったように記憶している。辞職する二日前くらいに、きちんと引継ぎができていないことを責められ泣いてしまったことなどをぼんやりと覚えている。最後のほうはよほど限界だったのかモウロウとしていたのかほとんど記憶はない。残っている当時の日記のようなものを見ても日付がぐちゃぐちゃで間違いが多すぎて、資料としても役に立たない。僕の書いた引継ぎマニュアルもきっとひどい代物だったろうなと赤面する。

会社を辞めるまでの一ヶ月は、ふつうの時間の流れとまったく違っていた。一日一日が気が遠くなるように長い。そして、仕事を辞めるまでの日数がまったく減らないのだ。目先の地獄がどこまでも続いている。……そんな感じだった。

それでも、どうにか残りの日は減っていき、二月末が来て仕事を辞めた。辞めたときは大きな苦役を果したということでホッとしたのだろうと思うのだが、あまり嬉しかったような記憶はない。

会社を辞めて療養生活

三月が始まった。無職の身となった。療養生活をする病人である。とりあえず薬をきちんと飲んで安静にしていれば良い、はずだった。

ホッとしたのか、やはり寝込んだ。毎年、長い休みに入ると、なぜか体が反応して風邪様の熱を出して寝込む癖がある。季節は夏でも冬でもないが、同じ症状のようになった。

風邪っぽいが風邪薬は飲まない。引継ぎマニュアルを書いている間、ぼーっとなるのを避けるために睡眠導入剤を止めていたが、そのまま飲むのをやめる。別に寝られなくても誰も困らないからと思う。ただ憂鬱《ゆううつ》な気分はつらいので、抗うつ剤は飲む。

数日すると起き上がれた。すかさず職業安定所に行って離職票というものを提出する。

帰ってくるとまた寝込む。

自分はどうしちゃったんだろうと思う。つい一週間くらい前まで、電車に乗って会社に通い一日働いていたのに、バスで隣の市に行くだけで（職安は隣の市にあるのだ）こんなに疲れてしまうなんて。

突然、背中が痛くなったりした。原因不明だ。勤めに通っているときも何度か痛くなったことがあったから、慢性的に痛めていたのかとも思う。布団の下にインスタントコーヒーの空き瓶を置いてその上に寝る。

寝てばかりいるくせに、一日一日が妙に長く感じる。会社を辞めるまでは、二月末まで頑張れば、自宅療養に入れる、なんとかなる、とそれなりに希望を持っていたことに気づく。いざ辞めてしまったら、もう何も希望がない。

曇りの日はうす暗くぼーっとしている。

晴れた日には、春の陽射しが入ってきてヌマガメの水槽に差し込む。その反射した光が天井に映っているのを眺めてぼーっとしている。

そして、僕はどうしてこうなっちゃったんだろう、と思う。こんな大人になるはずじゃなかったのに。この先どうなるんだろう。会社を辞めるべきではなかったのではないか。でもやっぱり、続けることはできなかったよな。そんなことをずっとクヨクヨと考えている。うとうとと眠ると夢をみる。

子供の頃に、帰国子女ゆえか担任の先生にいじめられた夢。体育の時間に体操着を忘れてドギマギする夢。それから大学生の頃の夢をみる。就職のガイダンスに遅刻しそうだという焦り。勤めていた会社の仕事の夢はもうさんざん見る。

夢の延長から起きているときの思考モードに勝手に切り替わり、引継ぎ事項を書き忘れたものがあるので、会社に連絡しなくては、などと考えはじめ、汗をかいて飛び起きる。職場に電話をしようとして、よく考えて、やめる。

この頃の日記を確認すると、相棒に「つらいつらいと愚痴った」と書いてある。その愚痴に対する相棒の反応は、

「何も心配しなくていいから、楽しいことを考えてみな。ほーら、イグちゃんをごらん。魚雷だよ」と言っていたのだそうな。

魚雷は、発情期だったので、相棒がけしかけると走って噛みつきにきた。

そして、僕は「何が楽しいか、思いついたら言ってごらん」と相棒のぶつけてきた質問について、

「シンジョーがバットのようにフライパンを振り回している様子」と応えているらしい。

よく覚えていないが、何かテレビのCMでそういうものをみたらしい。

魚雷イグ
ぐわー
新庄のつもり
ぶんっ

何をやってもクヨクヨ

勤めを辞めて一ヶ月は、ほとんど身体的な疾病のようで、薬が効いたせいもあるのか、ほんとうによく寝ていた。しかし起き上がれた日は、かなり活動的に外に出ることもできた。職安に行ったり、図書館に行ったり、知人に会ったり、病院に行ったりもしていた。

二日寝込むと一日は動ける。そんな感じだったのだ。

しかし、二ヶ月目に入った頃から少しずつ体調が変わってきた。ずっと寝ていることはなくなってきたのだが、体のグッタリよりも気持ちの落ち込みのほうが気になるようになった。三日ノロノロ活動し、一日寝込むような感じになったのだが、活動できる日も「何につけても気分が乗らない感じ」になってしまったのだ。

大きな音やチラチラする光に弱く、人の喋る言葉や、目に入ってくる色使いさえもが、なんだか自分を迫害しているようなものに思え、どこに自分を置いてもいたたまれなくなった。自室に居ても、相棒がテレビを視《み》るその雑音が疎《うと》ましく思えて仕方ない。

本も読めず、大好きだったクラシック音楽も聴けず、その年の初めから視ていたＮＨＫ大河ドラマの「新選組！」も、つらくてパスしてしまうときがあった（このドラマは前半は意気揚々としていて面白かったのだが、後半は登場人物がみなうつ病っぽくなるので、けっこう一緒に切腹したくなるような気分で一年間見続けた）。

そして、四月の半ば頃から、またしても「死にたい」気持ちに圧倒されるようになってしまった。ちょうど僕がそんな状態に陥った矢先に、作家の鷺沢萠さんが自死を選んで亡くなったというニュースが飛び込んできた。彼女は有名な人で自分は無名だが、彼女のような才能がある人が亡くなるのに、僕がのうのうと生きながらえているのは、いかがなものか、などと不遜《ふそん》にも考え込む。

同じ病気と闘っていたのだろうか。自分は今日一日を生きる選択をしたが、死ぬ選択をする同胞もいるのだ。しかし、なんでそんなに死にたくなるのか自分？　つらい仕事ももう辞めてしまっているのだし、相棒は初めてもらった描き下ろしの本の仕事を熱心にやっている。

とりあえず心配などないし、じっくり休んで病気を治せばいいだけなのだ。

……それがわかっていながら、居心地が悪くてしょうがない。自分の居心地の悪さゆえに、わざと相棒にからむようなこともした。そんなときは、虚勢を張っているので、少し威勢がいい。

「なんだい、こんな不燃ゴミを、お金出して買ったのかよ。ゼイタクな無駄遣いだなあ〜」

宅配便で届いたばかりの骨董品。相棒がネットオークションで落札した代物だ。それを見てケチをつける。

相棒も、届いた品物を見て、自分が払った金額ほどの価値がない代物だと気づいて少しイライラしているときなので、そんな僕の挑発に乗る。

「べつにいいじゃない。納得して買っているんだし……」

相棒が趣味で集めているのは、俗にジャンク骨董と呼ばれているような物である。戦前に作られたガラス瓶や、おはじき、玩具などが主だ。ネットオークションで買うと、骨董市で買うよりも安く手に入れられることが多いが、現物を見て購入するわけではないので、時に本当にジャンクなものだったりする。

「そんなもので、けっこうな値段だったんだろう。顔にそう書いてある……」

「うるさいな」

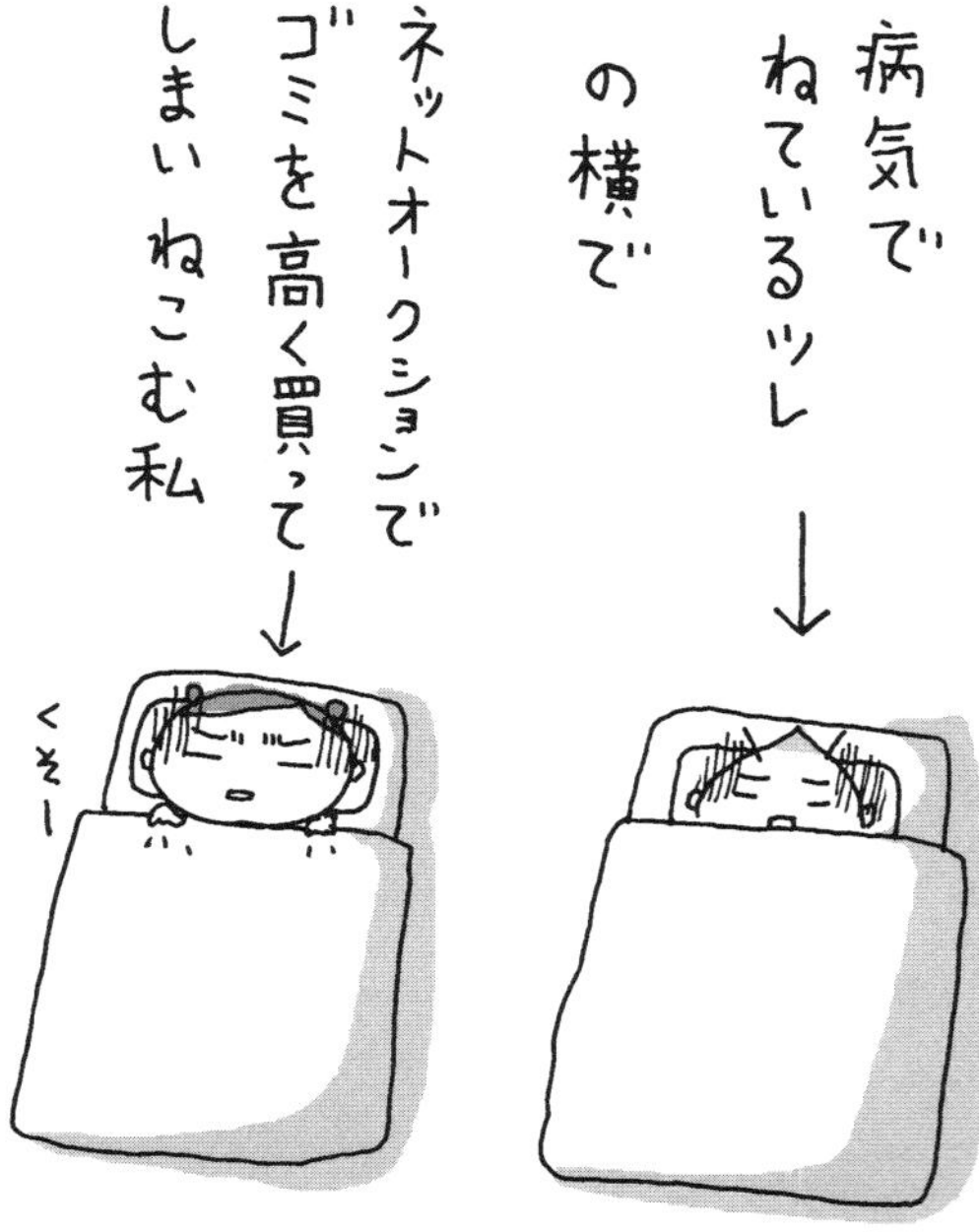
病気で
ねているツレ
の横で
ネットオークションで
ゴミを高く買って
しまい ねこむ 私
くそー

「僕が働けなくて、生活がこんななのに、いいよな、お気楽で……」

　ネットオークションは、うっかりすると同好の人々と値段を釣り上げ合っていたりする。本当にゴミみたいなものを、けっこうな値段で買わされることもあるのだ。今回もそんなものだったらしい。相棒の顔に後悔の色が見てとれる。

　僕は、相棒に「おまえなんかどっかいっちゃえ」と言わせたかったのだ。自分の居心地悪さを、相棒のせいにしてしまいたかったのかもしれない。八つ当たりである。

しかし、相棒はその手には乗らなかった。

「病人は病人らしくじっと寝てなさいよ」

と言って、それきり相手をしてくれなかった。

僕もからみ続ける元気もなく、言われた通りにまた万年床に戻る。

「そうか、僕は病人なのだ……」

と僕はあらためて思う。

手鏡を持ってきて、あおむけになったまま自分の顔を見てみたりもした。そんなことをしたのは、子供の頃以来かもしれない。ぷよぷよしていて、なかなかに不健康に見えた。ふと「廃人」という言葉が頭をよぎった。「廃人」がなんなのか、よくわかっていない。

その頃、相棒の仕事を手伝おうとした。言われるまま、原稿に枠線を引こうとする。ところが、これがぜんぜんうまくできない。下書きの鉛筆線を消しゴムで消すだけの作業をいいつけられても、四十枚の紙束をもらって、二枚だけ消しゴムをかけたらひっくり返って眠ってしまうありさまだった。

相棒の逆襲

この頃、自殺未遂をやらかしている。

ぐずぐずと、死にたい気分は続いていたのだが、なんとか自分をなだめながら生きていた。寝て病気を治すのが仕事と言いつけられている非常に安楽な暮らしなのだが、ともかく毎日を必死で生きていて、妙に敏感になっているので刺激に弱く、すぐに必死の糸が切れそうになってしまう。

いっぽうで、相棒は僕の代わりに仕事をするのだと意欲に満ちていて、少し攻撃的でさえあった。水を得た魚のようだったと言えるかもしれない。そのぶんギラギラしていて、僕からみるとすごく楽しそうにやっていた。それは僕にとっては、とても頼もしかったのだが、いっぽうで僕は「自分なんかなんだ、このクズ野郎が」とますます自分を卑下《ひげ》し、だんだん「僕さえいなければ、彼女はもっとうまくやれるに違いない」などと感じ始めた。

これは、一種の妄想なのだ。

現在というポイントにいる自分が、あまりにも刺激に弱く、居心地が悪いので、未来に対して絶望を抱き、自分の過去も失敗体験ばかりだったように思えてしまう。

僕は「自分はずっと自殺したかった青年だったのだ」と本気で信じていた。「人がやってはいけないことは自殺だ」と主張していた僕は、自分が自殺に負けそうだったからそう主張していたのだ、と言い出す。そのときは大マジメに、それが真理で、真理が今わかったのだ。自殺したかった自分をいっぱい思い出した、と思う。本当に「思い出して」いるのだ。記憶の捏造《ねつぞう》なのだが、それを記憶と感じている以上、そのときの僕にとっては真実の過去だったりする。

いっぽうで相棒は、うつ病である僕のあしらいに急速に習熟していた。これは病気だと見切ったところから、何が僕に対して脅威で、どう言えば傷つき（傷つくことはあまり言わない）、どう対応すれば一日が乗り切れるかということを把握していったのだ。

相棒がイライラすると、僕もイライラして落ち込んでしまうので、彼女は自分をコントロールして、イライラを表に出さないようにしていた。

僕が不安を口にすると、理屈でなだめるようなことはせず、かといって共感もせず否定もせず、病気になってから何日が経過し、以前と比べて僕の考えがどうなっているかを教えてくれた。

「焦っているようだけど、まだまだ。仕事を辞めて三ヶ月。起きられるようになって一ヶ月ほどだよ。少し前には、ぜんぜん頭が働いていないみたいだったけど、いろいろ考えられるようになったんだね。でも、まだちょっと不安定だから、ちゃんと薬を飲んでゴロゴロしていたらいいよ」

そんなふうだった。

僕が他人と自分を比べて焦り、妬《ねた》みの感情を口に出すと、

「なんだか、吉田戦車の漫画のカワウソ君みたいだね。やっと君も人間らしくなってきたじゃないか」

などと言って笑っていた。うつ病は、人を大らかな方向とは反対に持っていく。それは病気がそうさせているのだが、人に嫌われるような嫌な性格に変わっているのだ。しかし、彼女はそんな僕の卑屈さをも笑い飛ばした。

相棒には健全な誠意と楽観、将来に対するゆるぎない希望があり、変貌した僕をユーモラスな存在として把握することさえできていたようだった。

ただ、そうした生活の中でも、いい波と悪い波があり、悪い波というものがピタッと合ってしまうという瞬間がある。僕が落ち込み、ウジウジし、いよいよ死ぬしかないと思いつめていたタイミングで、相棒は僕に対するストレスと、仕事がらみのストレスが溜まって爆発してしまったのだ。

相棒は、その時点で把握していた僕に対する対応を全て逆手に取った。傷つくことを次々と言い続け、確実にショックを与えるように言葉を選び、ギャフンというまで打ちのめしてしまったのだ。健康な人間ならばどうってことのないことだろうが、僕は殺意としてそれを受け止めた。風呂場に閉じこもって泣き、しかし自分に対する残虐な行為を実行できる勇気を少し誇らしく思った。

僕は丈夫なナイロンの体を洗うタオルを、ボーイスカウト結びで首に巻き、ドアノブに引っ掛けて一気に体重をかけた。首が絞まってとても苦しくなったのだが、予想しなかったことに、頭からぬるぬるとした汗がしたたり、気づいたときはパーンと音がして、風呂場のドアにしたたかに頭をぶつけていた。

ナイロンタオルの結び目は簡単にほどけてしまったのだ。

頭をぶつけたのはすごく痛くて、それだけでもう死にそうな感じがしたが、そんなのではぜんぜん死ねなかった。床が冷たくて、換気扇の音がうるさくて、死にたいのに死にたいのにと思ったのだが、顔だけじゃなくて体からも汗が出ていて、僕の体は死にたくないと主張しているんだと思った。そしてそんなことをする自分が怖く、死ぬことが怖く、おそらく悪意さえなく人を死に追いやろうとする普通の人（この場合は相棒）の残酷さが怖かった。

「今日はもう、いいや」と元気なく思った。

そのあとも、象徴的な自殺というか、自殺を考えて死ねそうな場所に行ってみるというのは何度か繰り返したのだが、さあ実行だという気分になったことはなかった。さあ実行だという、行っちゃった気分になれたあのときは何だったのだろうと思う。

うつ病について調べてみる

僕は、自分がうつ病になる前には、うつ病についての知識をあまり持っていなかった。しかし、怖いのは、知識がないのに、「うつ病についてそこそこは知っている」と思っていたことである。

で、実際に僕はうつ病になってしまった。

すると、僕はうつ病について何の知識も持っていないことがわかった。

だいたい、僕は、うつ病というのはクソ真面目な人がなるもので、リラックスすることができないで自分の心を追い詰めて疲れてしまう、要領が悪い人の自己責任的な病気だと思っていたのだ。

そんな病気に、僕がなるはずがない、というのがまず僕の思い込みだった。自分とは関係のない病気。だからやっぱりよく知らない。

自分が知らないということがわかったので、それは大きな飛躍といえよう。

よく知らない病気になってしまったからには、その病気のことを調べなくてはならない。そう思って、少ない元気を振り絞って図書館に通っていた。病気のコーナーには、うつ病の本と思われる本がたくさんある。ゴマンとはないが、本棚二段くらいはある。

最初に読んだ本には「うつ病患者は、精神保健福祉法第三十二条より、通院医療費の公費負担が受けられます」と書いてあった。いきなり何だそれ？「精神障害者保健福祉手帳の交付も受けられます」と書いてある（二〇〇八年現在これらの制度は別の法制に移行しています）。

僕は、ガーンとショックを受けた。「精神障害者」という文字に、だ。

僕は障害者になっちゃったの？

病人、という自分のイメージを引き受けることもうまく行っていない矢先に、障害者の三文字が突きつけられた。自分が障害者だという認識にガクッと来たのだが、それはいかに、いままで何の支障もなく甘やかされて思い上がっていたかということに尽きる。

障害者という響きは、おどろおどろしい。実際には差別でもなんでもなく、「多数の人があたりまえだと思っていることが、あたりまえにできない」という意味で、多数という概念も、あたりまえという常識論もとても曖昧《あいまい》なのだが、実際にそのときの僕は、それまであたりまえにできていたことが、いっぱいできなくなっていたので、「これぞ障害」と思い当たってしまっていたのだ。

障害、は治んないのか？

あわてて別の本を読んだ。最初に手に取った本は、あまりに難しい手続きの話ばかりが延々と書いてあったからだ。

すると、こちらの本には「うつ病は、軽いものでは三〜六ヶ月程度で治ります」と書いてあった。こちらの本では「障害」というイメージではない。「ケガ」くらいのイメージだ。

いったいどっちなんだ？

どっちも本当なのらしかった。これはわかりにくい。

つまり、いろいろな状況があって、治りやすい場合には薬と通院と休息で簡単に治るし、治りにくい場合には何をしても治りにくく、五年一〇年とかかって、医療費や薬代もバカにならないし、生活が困難になるので福祉の援助や手帳が必要になるということらしかった。

なんなんだ、うつ病。

そもそも「うつ病」という言い方ですら、正式な名称ではなく、正確には「単極性気分障害」というのが医学的に正しいらしかったのだ。「双極性」というのは躁うつ病で、こちらは似ていても全然違う病気なのだという。

僕の場合は「単極性」ということなのらしいが、これも「従来の大うつ病」と書いてあったりして、「大」という言葉にひっかかる。典型的な症状として報告されているものを読むと、気持ちの落ち込みや理不尽なとらわれ、ちょっとした妄想、不眠や腰痛などの身体症状とある。こうした言葉だけを見ると、普

通の人でもそういうこともあるので、病的な状態との線引きがわからない。僕は外出先で涙を流したり、天気が悪くなると寝込んでしまうなどの問題があったのだが、そうした記述をどの本からも見つけることができなかったので、それも含めて、またクヨクヨと悩んでいた。

本は言葉を尽くして知識を与えてくれるものなので、それはとても便利なんだけど、生身の人間の生身の病気について記述することは、なかなか難しいようなのだった。特に生活全般が冒され、性格すら変わってしまうようなうつ病という病気については、たくさんの本が出ているのだけど、満足のいくものはなかなか見つからなかった。

病気のさたも金次第

うつ病で仕事を辞めなければならないときに最初に気にしたのは、やはり家計のことだった。この家計への心配はずっと僕につきまとい、闘病を始めた二〇〇四年の間は何度も復職を焦っている。

現実的な話をすると、少しだけ貯金があった。それはマイホームの頭金には足りないが、旅行も外食もまったくしない僕がコツコツと貯めたものだ。そのお金で、二〇〇四年の間は、これまでと同じように相棒に家賃、光熱費、生活費を渡し続けることができた。生活費のおおかたはそのまま僕に戻されて、日々の買い物に消えていった。

思わぬ退職金収入や、雇用保険の収入も入ったが、毎月お金を渡していくと、預金残高はどんどん減っていってしまう。単純に計算してみると、翌年の二〇〇五年四月には残高がほとんどゼロになってしまう。僕はその数字を見ながら、焦った。

病気が少し良くなると、知人に電話して仕事の相談に乗ってもらう約束をした。

しかし、会いに行く当日になると、ガクッと落ち込み、結局のところドタキャンをする羽目になった。そんなことを繰り返しているうちに、自分で自分を嫌になってしまった。

職安の認定日にも動けなくなってしまったことがある。仮病を使った。いや、仮病ではなく病気なのだが、うつ病のことは隠してしまったため、別の病名を騙《かた》った。

この頃は、まだ電話に対する恐怖症も浅かったので、職安に電話をしてこう言った。

「食あたりで熱も出て動けないんです」

職員は事務的に応対していたが、冷たいトゲトゲした声にすっかりしょげ返ったのを覚えている。

僕に家計を支える力がないのは、見え見えだった。

社会で必要とされているのは、安定した働きぶりなのだ。

「だから、きちんと治ってから働けばいいんだから。今は私がなんとかするから」

と、相棒は言ってくれたが、心配なので突っ込んでしまう。

「なんとか、って、どうなんとかなるんだ？　どういうふうにするんだよ？」

僕は彼女のことを見くびっていた。以前から、もっと漫画の営業に出るように勧めると、

いざとなったら
お姫様でも
なんでもやるわよ
ホホホホ

なぜかディズニーランドのバイトに応募して自分をごまかそうとするようなところがある相棒だった。なんとかなる、と言っても口先だけに違いないと思っていたのだ。

「んー、なんとかー」

相棒は笑って取り合わなかった。

なんとかなっているはずもないと思っていたのだが、彼女が忙しそうに作業をしているのは確かだった。初めての描き下ろしの本は、不眠症にまつわる本。本のタイトルを『ぐーぐーＢｏ ok』という。このとき僕の不眠に関する経験はずいぶん役に立っていると思う。

初めての本なので内容は出版元の言いなりであり、彼女は「独身のイラストを描いている若い女の子」のふりをすることになっていたようだ。

「するってえと、僕は独身のイラストを描いている女の子の働かないヒモのようなものだ」

そんなことを考えて、また落ち込んだりしていた。

闘病中の主夫生活

うつ病で会社を辞めた当初から、僕は家事の手伝いを引き受けようとしていた。それは、ひとつには、病気になる直前くらいから、家のことが何もできていなかったという負い目からも来ていた。相棒に彼女の不得意な家事を押し付けてしまっているとずっと気になっていたのだ。もちろん、ちらかった部屋や、投げやりな食事作りが、闘病生活でずっと家に居るようになった几帳面な僕の気に障《さわ》ってしまったということもあるだろう。

「家事は、なるべく、僕がやるよ」

と言うと、相棒は、

「それはありがたい」

と言って、すぐに家事全般から手を引いてしまった。

でも、闘病を始めたばかりの僕にとって、家事を全部やるというのは、思ったよりも大変なことのようだった。うつ病の波で動けないときもある。そんなときは手付かずの家事がどんどん溜まる。相棒は仕事に集中していることを理由に手伝ってくれない。もちろん、僕に任せたのだから、責任を持ってやりとげろという意趣である。

今から思えば、僕の当時の「家事」は、うつ病の判断力の悪さと、持ち前の完璧主義の暴走で、能率の悪い非実用的なものだったと思う。

お米を袋からザーッとこぼしてしまったものを五時間くらいかけて、一粒一粒ぜんぶ拾っていたこともある。なぜだか、そうせずにはいられなかったのだ。夜七時頃、夕食の後片付けの最中にこぼして、溜息をつきながら米粒を拾っていて、何かの修行のようだと思いながら妙に集中して……気がつくと、夜の一二時だった。

相棒は勝手に寝ていた。

僕も、ちょっと異常なことをしてしまったかなと思い、翌日の朝食のときに彼女にどう思ったのか訊《き》いてみたのだが、あまり気にしていないようだった。

「なんだか気が済むまでやりたそうだったから、声をかけなかったよ」

勤め人仕事の末期に、高価な電子部品をばら撒いて、それを一つ一つ拾っていたときのことを思い出した。

他にも、強迫的とでも言われるようなことを、家事周辺でいろいろした。

壊してしまった食器をピンセットと接着剤で復元したり、分解して掃除しようとした炊飯器を、そのまま動作しなくしてしまったり……。掃除機も壊したので、ホウキとチリトリを買って来て掃除をしていたが、これはすこぶる評判が悪く、イグアナに至ってはホウキに噛みつきに来るのであった。

僕がなんとか家事を続けることができたのは、実は相棒に「家事ができれば、まあ儲けもの。できなくても仕方ないな」と、あまり期待されていないところからスタートしたからではないかと思うのである。自分自身も、それに対しては期待が少なかったから、妙なプレッシャーを感じずに済んだ。

病気のとき、かつての自分がなんなくこなしていた日々の営みは、とても偉大なものに思えた。どうしてそんなことが毎日できていたのか、わからないとさえ思えた。「僕はちゃんとしていて、偉かったんだな」と思った。実は頭の中に出てくる過去の自分は、ちょっと美化され過ぎだったようにも思うのだが、バリバリと働き、ヘラヘラと口先で周囲の問題を丸く収め、スチャラカと世の中を渡り、もうどうやっても稼げない額の収入を毎月運んできていたのだ。「どうしてそんなことができたんだろう……今はもうそんなことは

うつ病時代のツレの家事
5時間かけて
米を一粒ずつひろう
こわした
食器を修復
する
炊飯器を二度と
使えなくする

できない」と考えて悲しくなった。

悲しくなるとよく泣いていた。齢《よわい》四十直前にして、大のオトナというか見苦しい中年男が涙をぽろぽろと流して泣くのである。一度そんな自分の顔を鏡で見てみたことがあった。すでに頭をボウズ刈りにしていた僕だったが、目を真っ赤にした、自分の姿を鏡の中に見て「あっ、原始人が二十一世紀に連れて来られて、びっくりして怯えて泣いている」と思った。

ダメになってしまった自分は、公共の場所でもよくうろたえてしまった。お金が数えられない。簡単な計算ができない。右か左かの選択をよく間違える。そんなことで、しばしば、周囲の人に不審がられたように思う。

家事の中には、日々の食料の買出しもある。主にスーパーマーケットを利用するのだが、きっちりメモを書いていっても、たくさんの商品の中からお目当てのものを選ぶのに手間取ったりしてしまう。それから、レジ待ちの列では、あからさまに「ちっ」と舌打ちをされたこともある。お金が数えられなかったり、要求された金額に対して足りない額しか出さなかったりすると、列の後ろの人がイライラするのだ。

道を歩いていても、何か要領が悪いようで、中年の男性にはこづかれ、初老の男性には怒鳴られた。どちらかといえば女性のほうがダメな人に優しいように思えたが、若い女性は男性と同じようだった。

「ハンディがあるって、こういうことだったのか」

と初めて思った。

街に出るとたびたび波乱があった。段差で転んだり、持ち物をなくしたり、その日の気候に合わせた服を選んで着てくることができず、のぼせてしまったり、急に気分が落ち込んで泣き出したりもした。さらに記憶違いや単純な勘違いも多いので、いわゆるオカシイ人みたいな行動をしてしまうのである。いや、まさにオカシイ人なんだけど。

薬局で別の店のクーポン券を出して割引しろと真顔で主張したり、窓口で待たされたことに腹を立てて泣きながら抗議したり。あとで自分がすごくオカシかったことに気づいて、これまたすごく落ち込むのであった。

主治医は不思議議先生

ここでは、僕のうつ病の闘病を支えてくれたもう一人の女性、主治医の話をしよう。

うつ病というのは、なかなか治りにくくつらいものなので、治らないことを誰かのせいにしたくなる。職場や、家族や、主治医など。僕は仕事は辞めてしまっていたし、家族はなんだか超越している相棒とイグアナだったから、なかなか治らないのは主治医の処方に問題があるからだ……とも考えなかった。実のところ、主治医の先生も相棒やイグアナと同じくらい超越したタイプだったのだ。

しばしば、お医者さんというのは「頑張っているのがデフォルトモード」な人が多いので、無意識に患者にプレッシャーをかけたり励ましたりしている人が多いような気がする。僕の主治医も、少しその気《け》はあったのだが、あってもプレッシャーは空振りして僕の上を素通りしていった。そういう先生だった。うつ病のこともよく理解していたのかどうだか……。わかってなくても大丈夫なのだ、たぶん。

僕が通っていたのは、駅近くの「心療内科も併設している内科」だった。

そもそも最初に診てもらったのは、職場の健康診断で「内臓の活動が低下している」というものと、強度の貧血ゆえだった。内臓の数値は測るたびにいろいろな数値が出てしまい、原因はよくわからなかったが、貧血のほうは安定して低い数字が出ていた。

僕の主治医は、その数字を見て、言った。

「女性の正常値の下限よりも、さらに半分くらいの低い低いヘモグロビン値です。立って歩いているのが不思議なくらいな数字ですが、これで走れるのだったら高山トレーニングをしているのと一緒ですね。治療して正常に戻せたら、きっといいタイムで走れますよ！」

走れないよ〜。

紹介が遅れたが、僕の主治医は、この内科の女性の院長先生だ。目が大きく体つきは小柄なので少女のように見えるが、僕よりは年上だし、近くでよく見ればシワもある。じっと考え込んでいるときは老婆のようにも見える。

きっと、もの凄く優秀な先生なのだ。しかし、前述したようにかなりトンチンカンだ。なにせ本人がマラソンマニアなのだ。結婚しているが子供はいない。そのぶん両棲類を溺愛している。メキシコサラマンダーやイモリなど。うちの爬虫類好きといい勝負だ。

狭い町なので、私生活を見かけるときもあるが、魔法の国から持ってきたような服を着ている（たぶん子供服）。最近はトライアスロンに凝りはじめ、異様なヘルメットを被って、小さな自転車で走っている。その風体《ふうてい》を最初に見たときは、エイリアンに遭遇したかと思った……。

そんな先生なので、名医なんだかどうだかわからない。いや、たぶん名医なんだと思う。作家の奥田英朗さんの創作に、直木賞受賞作品「空中ブランコ」を含むトンデモ精神科医、伊良部シリーズというのがあるが、伊良部先生が実在して女性になったらかくあらんというような名医ぶりである。ただ、小説の伊良部先生は閑古鳥《かんこどり》の鳴く診療室で待ちかまえているが、僕の主治医は大人気でクリニックはいつも混雑しているところが違うだろうか。

ともかく、彼女の頭の中は、膨大な医療知識とマラソンと両棲類と、他にもヘンなものが入っていそうだが、あまり文学的なものは入っていない。「うつ病なので薬を出します」と彼女は言ったが、彼女の頭の中では、うつ病よりも貧血のほうが疾病としての重要度は高かったようだ。うつ病の薬を取りに行っても、採血されてしまうことがよくあった。不意打ちの採血はけっこう堪《こた》える……というか、そもそもこちらは貧血持ちなのだし。

僕はこの病院に通い、薬の効き目を報告し、あとは両棲類と爬虫類の呼吸や心臓の仕組

一緒に病院に行った日のこと
シャー
まっ青のシャツ
まっ黄色のスパッツ
わっ
今の人すごいねえ
服装もハデだったねえ
あーびっくりした
あっ
こんにちはー
さっきの自転車の人と同じ服っ!!
(上から白衣着てる先生)

みなどについて喋っていた。うちのイグアナはアクビの途中にビクッとケイレンする癖があるだとか、そんなことを延々と話していた。

治療期間は三年にも及び、僕は坊主頭になったり、イグアナに咬《か》まれて包帯だらけになったりもしたが、先生はそういうことは特に気にも留めず、地方のマラソン大会の参加賞のトレーナーをくれたり、あとカブトムシの幼虫も持っていくように言ったが、僕はそれはいらないと断ったりもした。

……なんだか、小学生の交友の話を書いているみたいだが、この病院とこの先生だけで、うつ病はちゃんと治ったのだから……ラッキーだったと言えるのかも。

第2章

問題は回復期なんです

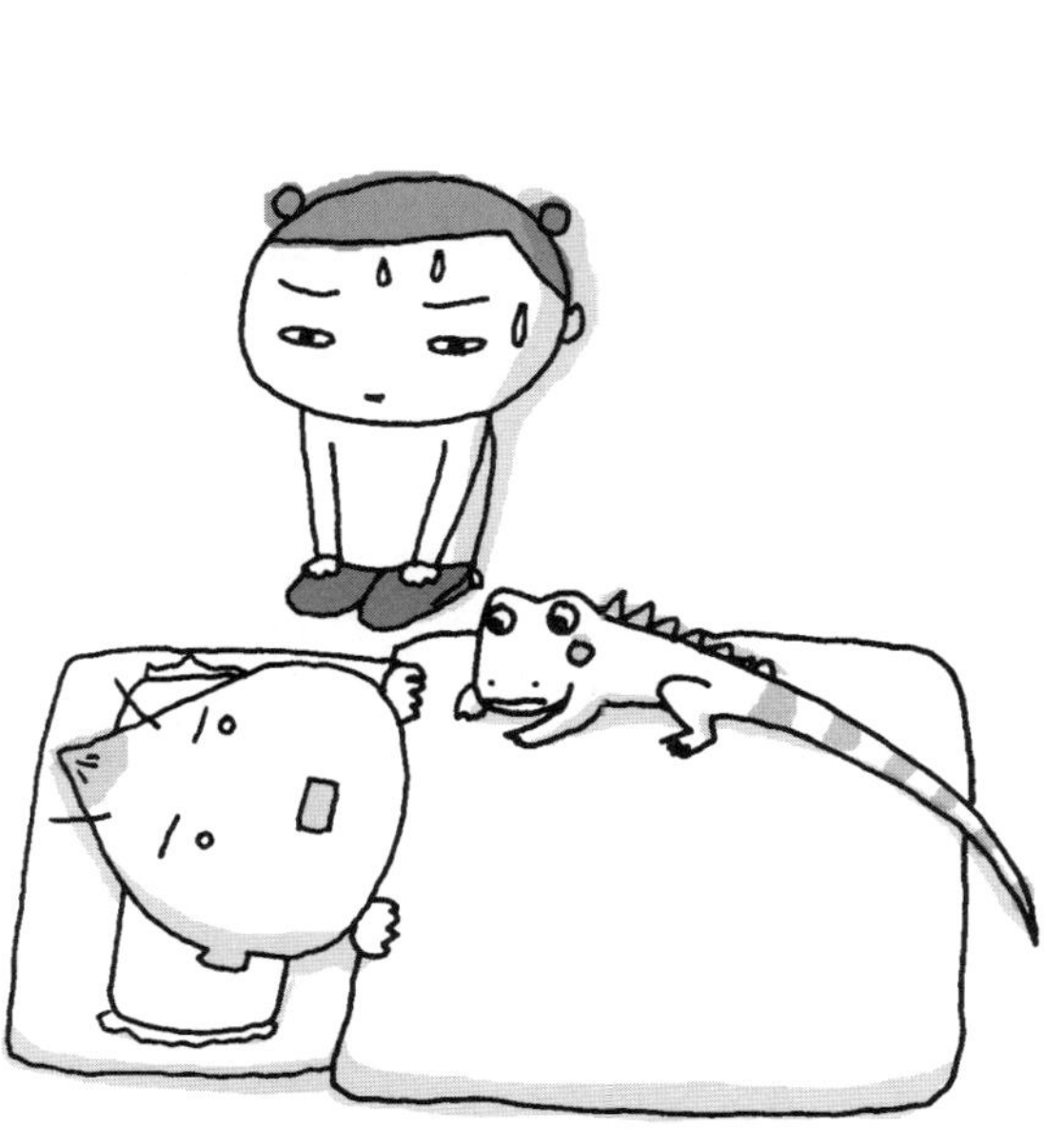

回復過程の波

会社を辞めて、ストレスのない生活に入り、ほとんど寝て暮らすような日々。投薬と休息で良くなっていくという医師の言葉通り、四ヶ月もすると、僕のうつ病は確かに回復しつつあるようだった。

やがて、僕は四十歳の誕生日を迎える。

僕は、四十歳を人生の節目として意識していたから、最初はその日までに病気を治して、社会的にも復帰したいと考えていた。でも、それはどう考えても無理だった。

何度も「僕は気力を振り絞って、憎いうつ病と闘って、勝つぞ！」と思ったのだが、悲しいことに、気力を振り絞ると、それだけでグッタリし、病状が悪化したように思われるのだった。

まったく、うつ病はとても巨大で、どう考えても勝ち目のない敵のようだった。ほとんどの人が治っているなんて、嘘だと思った。絶対に治らないに違いない、と感じられたのだが、しかし、そうして「絶対に治らない」と思ってみると、少しずつ良くなっていくようでもある。そのあたりから、「これは闘って勝とうとするのが良くない病気なのだ」と気づくようになった。

それから、うつ病特有の、まやかしのワザ……というのでもないが、良くなったと思うと悪くなる。悪くなったかと思っていると、それほどでもない。一日の中にも浮き沈みがあり、数日周期での波があり、もう少し大きな波もあった。体力、気分、感情、意欲、判断力や能力、すべてに波がある。その波はそれぞれが勝手に不規則な波になっていて、自分でもうまくつかむことができない。そして、良くなったと思っていると必ず直前よりも悪くなるので、失望してくじける。とてもとてもガッカリするのだ。

もっとも、一緒に暮らしていた相棒にとっては、大きな波は感じていたようだが、微細な波は「お天気」での浮き沈みにすっかり隠されて見えていなかったようだ。

そして、もう一つ。病気の回復期には、自分の性格がねじけて嫌な人間になってしまっているのに気づく。身近な人から見知らぬ人に対してまで、心の余裕というものがまったくない。自分の権利を主張してガツガツとしたり、下らぬウソをついてみたり、すねたり、ひねくれたりしている。そんな態度は、人間関係のトラブルを起こす。トラブルを解決するだけの気力がなく、勝手に落ち込んでしまったりもする。以前の性格から隔たった、浅ましい自分になってしまっているのだ。

何も知らない健康な人が、回復期の僕のようなひねくれた人間と相対し、相手がうつ病であると聞かされれば、「性格的に弱い人がうつ病になる」という偏見が生まれてくるのも無理からぬと思う。

そうした困難は、たびたび繰り返される。初めての場所に出かけたり、初対面の人と会うと、虚勢を張るように元気良く振舞ってグッタリしてしまう。波に翻弄され、がっかりすることもしばしばだ。そして、定期的に感情が乱れ、嫌な自分をむき出しにして何かしらトラブルを起こしてしまう。困難を繰り返しているので、だんだん問題点はわかってくる。「僕は病気なんだ、気をつけよう」と言葉にして意識もしている。しかし、ときどき、ドーンと、わかっていても、わかっているのに……これらの点にたびたび苦しめられることになる。

もちろん、波を描きながらも回復してきているので、それを意識することもある。そうなると、持ち前の性格で頑張りを発揮して社会に復帰しようと焦ってしまったり。そうした焦りでエネルギーを使い果たして、あっという間にまた元通り。

「もう良くならないんだ、僕は一生このままダメ人間だ」

とぶつぶつ嘆きながら寝ていると、これは同居の家族にとっては、目障りというか邪魔というか、やる気をそぐ。相棒がそれに耐えられたのは、彼女自身がその昔、自称「マイ

すぐ落ちこむんだ
私もそーだよ
なんでも悪い方に考えちゃうんだ
私だってそーだよ
僕はもう一生ダメ人間なんだ…
私はずーっとダメ人間だったよ
ぜんっぜん悩むことじゃないよ
マイナス思考クイーンにとってはフツー

ナス思考クイーン」で「ダメだと落ち込んでいる自分がスキスキ人間」だったからだろうか。

それでも彼女が「病気をちゃんと治そうとしていない。やる気がない」と怒ったことがある。薬を適当に飲まなかったり、調子を崩すことがわかっていて濃いコーヒーを淹《い》れて飲んだりしていたときだ。

コーヒーを飲むと、一時的にシャキッとして頭が冴えたような気になり、パソコンに向かって文章を書いたりできるようになるのだが、そのあと眠れなくなったり、イライラして八つ当たりをするようになるので止められていた。僕は飲酒の習慣はなかったが、抗うつ剤とアルコールを一緒に飲むのも、落ち込みが激しくてとても悪いらしい。悪いとわかっているのに、そうした習慣に逃げ込むのも、病気のときの心の弱さならではなのだが、傍で見ている家族にとっては、とてももどかしく、ときには腹立たしく思えることだろう。

回復過程は長く続き、最初の頃と、ずいぶん良くなった頃とでは、気力も波もねじけた性格もそれなりに異なっているのだが、そうしたものに悩まされ続けていたことでは、ずっとそうだった。その困難のすべてを含めて「うつ病」という病気とすべきなのだろう。

しばしば、

「うつ病といっても、落ち込むことは誰にでもあるもんじゃないか。気持ちに波があるのは、誰だってそうだろう」

などと言われてしまうことがあったのだが、落ち込みは気持ちだけの落ち込みではないし、波もそれに揉まれながら日常生活を営むことができるものではない。性格が偏ってしまっているのも、たぶん自分自身の至らなさだけが原因では、ない。いずれ、それが治ることと併せて、病気として区切りをつけておくことが確かに必要なものだと思う。

でも、わかってくれない人もよくいて、なかなか説明するのに苦労されられることもあった。

パソコンいじりはうつ病に良くないの？

回復過程で、相棒にしばしば叱られたのが、濃いコーヒーを飲んでパソコンに向かうことだった。僕はパソコンでブログをつけていた。前年の終わり頃から、日本でもブログがブームになっていたのだ。

うつ病が発病する直前の、不眠が始まった頃から、僕はあちこちの日記サイトやブログサービスに登録していた。最初は単なる日記とか、コンサートやライブの感想、持っているＣＤ評などを載せていた。病気の診断を受けてから、会社を辞めた当初の闘病の頃はグッタリと寝ていたので、ブログは休眠状態になっていたのだが、起き上がれるようになった頃から、僕はまたブログを再開した。

さらには、登録しているサービスをさらに増やしてしまった。爬虫類についてのブログ、街角の観察記のブログ、料理や食べたもののブログ、うつ病の経過報告のブログや、短編小説のような散文を載せるブログまで立ち上げてしまった。そして記事を書いたり写真を撮ってほぼ毎日アップしようとしていた。

そこに載せる文章が、調子の波に翻弄されていたのは言うまでもない。

それで、冴えた文章を書きたいがため、濃いコーヒーを飲むことに加え、抗うつ薬を飲むのを一時やめてしまったこともある。

「何をやってんの！　勝手に薬を飲むのをやめてたなんて。その理由がブログを更新したいからだなんて！」

格段にひどい揺り戻しに襲われ、僕は薬を飲むのをやめていたことを相棒にうちあけた。もちろんひどく叱られて、弱々しい言いわけしかできなかった。

「なんていうのか、今の僕はどこにも所属していないから、ブログを通じてしか社会につながっていないんだ。僕の書く記事を楽しみにしている人もいるんだ」

「……ふーん？」

相棒は意地悪くほくそ笑んだ。彼女もブログを持っているのだが、もちろん僕のブログよりはアクセス数が多い。でも僕のブログもそれなりに素人としてはいい線を行っていると思っていたのだ。ブログ黎明期《れいめいき》から続けていたので、各サービスで模範としてピックアップされたり、商品券をもらったりしたこともあった。

「僕はブログ長者なんだ」

「いったい幾つのブログをやっているの？」

「えーと、八つかな。登録日記サイトを入れれば十くらいかな」

試験的なものや、なんとなくリンクを貼っていない秘密っぽいものを入れると十五、六はあったのだが。

「それを、毎日、きっちり更新しなければ気が済まないの？」

「いや、ときどきやれば、いい」

「楽しそうだったときは、別にいいかなって思ってたんだけど……」

相棒も、当初は僕がいろいろなブログを立ち上げて書いていることにも理解を示していた。ただ、食事の前にいつもイグアナ用のフルスペクトルライトをセッティングして、その日作った料理の写真を撮影しているときだけは「なんだよ～、まだ食べちゃダメなの？」と苦言を呈していたようだったが。

「……なんか、そうしてパソコンに向かって書いていることは、つらいんじゃないの？」

相棒に心の内を見透かされたように思った。

「うん……」

「だってねえ。この前だって、料理ブログに主婦の人から肉料理のレシピを延々とコメント欄に書かれたって言ってブツブツ怒っていたし。普通の元気な状態じゃないんだから、普通の人とネットだけでやりとりするのはむずかしいんじゃないの？」

「うん……」

「電話には出られないのに、どうしてパソコンにはしがみついているのかねえ……」

相棒は軽く溜息をついた。

僕は頭を抱えた。自分でもわかっていたのだ。何か、ちょっとした依存症のようになってしまっていることを。数時間パソコンを立ち上げず、ブログサイトにアクセスしないでいると、イライラしてくるようになってしまっていたのだ。パソコンを立ち上げると、すぐに自分のブログサイトにアクセスする。コメントが何もついていなければ残念だと思い、コメントがついていても、内容によっては傷ついて涙してしまったり、怒って何もできなくなってしまったりもする。

「ブログをやっていても、なんだかいいことがないって、わかっているんだけど……」

「困ったねえ。やめちゃったほうがいいんじゃない？」

「……簡単に言うよなぁ〜」

相棒の勧告にも、簡単には妥協しないつもりだったのだが、やっぱり気力が続かなくなって僕のブログ長者時代は、ブログ不良債権化時代となり、やがて整理されてしまうことになってしまったのだ。

考えてみると、パソコンや携帯電話といった情報端末が、仕事や私生活で個人の時間を費やすようになってまだ十年かそこらしか経っていないのだ。にも関わらず、どこにいても、複数の人と瞬時に情報のやりとりができる（と錯覚させてくれる）このツールは、生活に深く入り込んでしまった。

仕事のときもそうだった。コンピュータが職場に一、二台しかなかった時代ならば、数人がかりでやっていた仕事を、パソコンの普及に伴って、一人で何人分もの仕事をすることが可能になってしまった。それどころか、僕の場合だけど幾つかの部署がやるべき仕事を一人で任されるようになってしまったのだ。パソコンの用語を使って言えば「マルチタスク」である。

皮肉なことに、僕をうつ病に追い込んだ（かもしれない）パソコンに、僕は病気になってからも、すがっていた。病気であるというハンディを隠して使うことができるコミュニケーションツールとして、だ。ブログや日記を執拗《しつよう》に更新し、メールが来れば返事を書いた。誰かとつながっていたかったのだ。

だけど、それはとても精神的なエネルギーを消耗する行為だったのだ。

どこにも出かけず、実は布団の横で暗い顔をして一日を過ごしているのに、パソコンに向かうと、気力を振り絞って面白おかしい記事を書こうとしていた。

やがて、そんなことの無

今度は
ブログを
やることで
自分を
追いつめちゃって
るんだよねぇ
つらいよー
つらいよー

意味さにも徐々に気づいていくのであるが。

ブログをやめた後でも、パソコンでネットに接続している限り、通販サイトでのレビュー書きを義務的にやったり、アフィリエイトということをやろうとしたり、どうも心の回復には良くないことに次々と手を出しては、エネルギー切れになり、また撤退していく時期が続いたのだった。

意表をついた物に、ハマる

とりあえずブログ依存状態を解消することにした僕は、宙ぶらりんな気持ちになっていた。インターネット黎明期から、ネットにつながっているという状態がごくアタリマエになっていたのだ。イライラしてブログを更新したくなる。でも、そうするには自分のエネルギーが足りなくなっていることもわかる。

「うつ病を治すためには、こうするのが一番良いのだ……」

と自分に言い聞かせる。しかし、数日前までは自分の気持ちをパソコンに打ち込んで自分を保っていた部分があるので、それを失ってしまったことで不安になる。

でも、その不安をガマンして乗り越えるうちに、だんだんエネルギーが回復してきたようだ。その証拠というわけでもないが、相棒に対する愚痴が多くなった。

相棒は、まともに取りあってくれなくなった。

「……なんかさー、言ってることは相当面白いと思うんだけどさぁ。きっと忘れちゃうんじゃないかと思うから、それ、日記につけておきなよ」

「……日記サイトも終わりにしちゃったよ」

「ネットの日記じゃなくて、手書きのノートにつけておけば？　昔から日記、つけてたじゃない」

言われて思い出す。僕は結婚前からずっとノートに日記をつけていたのだ。パソコンを手に入れてからは、備忘録的にしかつけていなかったのだが。

「そうか。手書きの日記か。……それもいいよな」

そんなわけで、僕は再び日記をつけることにした。ネットのブログとは違って、誰にも見せないノートは、最初は手ごたえがない気もしたのだが、安心してコツコツと本音を書くことができた。人に読ませることを意識しているブログと違って、書くことでの消耗も少ないし、依存したり不安になったりすることもない。


パソコン断ちをしばらく続けていると、不思議と心の中のエネルギーが回復してきて、世界に対して新たな興味を抱くようになってきた。家事の合間に、手書きで日記を書き、図書館に行って本を借りて読む。そんな日々である。

最初に訪れた、今までの自分になかったような「ハマる体験」というのは、インドネシアのバリ島に対する興味だった。実際のバリ島に行けるような気力も体力もないのだが、バリ島の写真集を見たり、テレビで特集番組を視たりもした。

憧れの気持ちはだんだんエスカレートしてきて、バリ産のお香を買って来て焚《た》き、ガムランのCDを買って来てかけた。ケチャの響きとともに、歌詞の文句を口にしてみる。

そんなことをしていると、相棒は僕の気が狂ったかと思ったようだ。いや、すでにおかしいのではあるが、さらに。

しかし、お香の匂いに近隣から苦情が来るし、ガムランも何を聴いても同じようにしか聴こえないということにだんだん飽きてくる。バリ島への興味は、いつの間にか始まったときと同じように唐突に消えていった。

その次にハマったのは「ゴジラ映画」である。戦後日本の誇る、東宝の特撮怪獣映画。僕は帰国子女なので、子供の頃にはみていない。「ガメラ」も「大魔神」とも縁がない。子供の頃、一度「ゴジラ対メカゴジラ」だけはみたことがある。でも子供心に下らないと思った。……なのにケーブルテレビの「日本映画専門チャンネル」でうっかりゴジラ映画をみてしまった。なぜかチャンネルを変えられない。一九六〇年代の白黒の日本の様子や、当時の俳優の独特な喋りかたに引き込まれる。「日本映画専門チャンネル」ではゴジラ特集をやっており、全作品を放映していた。僕はそれを全部みてしまった。

　伊福部昭さんの作曲したテーマ曲は重厚で、ストラヴィンスキーの音楽が土俗的になった感じがした。この音楽も大好きになった。

　ゴジラ映画は一九七〇年代に入るとカラー映画になり、話もよりリアリティを増すべく科学的な感じになるのだが、それがまたチープだったりもする。そうした流れが、自分の記憶と合致するところもあった。ゴジラを全部みた体験は、そのまま自分の半生を外側から見るようなものだった。僕はちっぽけでヘンクツな子供だったが、自分を取り巻く日本は、こんなに生き生きとしてて、怪獣

バリ島
いつか行って
みたいな

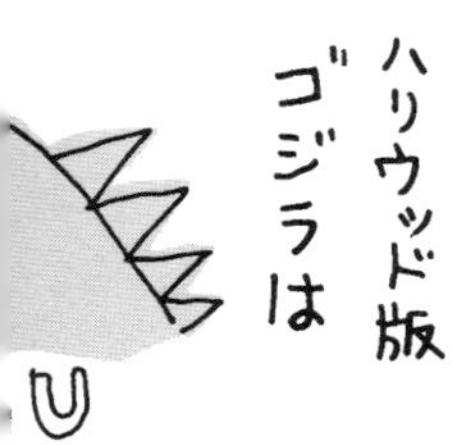
ハリウッド版
ゴジラは
U

に壊されたり復興したりしてたのだ、と思った。実際には怪獣は来ていないが、石油ショックや東西冷戦、バブル崩壊とかいろいろあったなあと振り返ったのである。ゴジラは二一世紀を目前に、ハリウッドに買われ、ＣＧでガチャガチャした作品になった。それはそれで、今の自分たちの生活のようなのだった。

ゴジラブームからしばらくして、今度はエビ飼育ブームが起きた。淡水で生活する小さな透明の甲殻《こうかく》類、ヌマエビである。今度はイメージでも映画でもなくて、リアルな、手で触れることのできる生き物。ヒゲや手にあたる触手を「かいぐりかいぐり」と動かし、コケを食べている様子に「かわいい！」と思ってしまったのだ。

相棒は「エビって可愛いんだぜ、犬みたいだ」と夢中になる僕をみて、

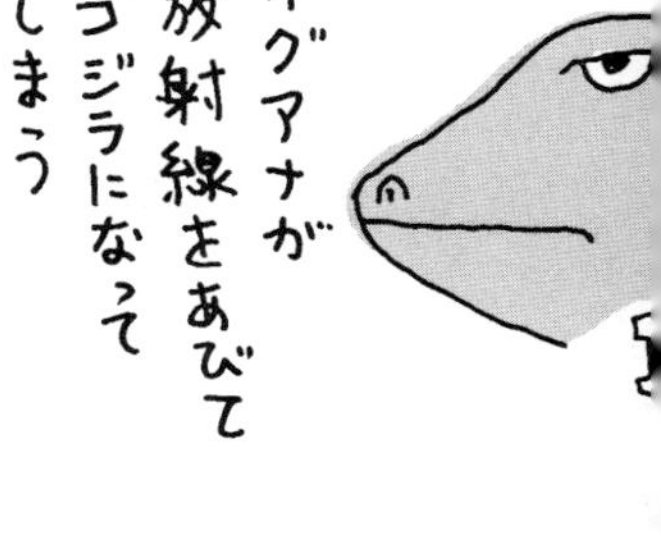
イグアナが
放射線をあびて
ゴジラになって
しまう

エビちゃん
コケをとって
おいしそうに
食べる

「どこが犬なんだか、バッカじゃないの？」

と思っていたようだが、僕が当時としては、すこぶる意欲的にホームセンターなどに出かけて行くので「まっ、いいか」と見逃してくれていたようだ。

ヌマエビの中でも安価であるところの、ヤマトヌマエビとミナミヌマエビを水槽で飼い、繁殖させた。ミナミヌマエビは水槽の中でも繁殖できるのだが、ヤマトヌマエビは卵から孵化したばかりのゾエアという形状の幼生を、塩水まじりの汽水に入れてやらないと育たないのである。このヤマトヌマエビの繁殖にチャレンジしてしまった。河口に汽水を汲みにいったり、熱帯魚用の海水の元を使っていろいろ試行錯誤した。その結果として何百匹もの小さなヌマエビが水槽にうじゃうじゃひしめくようになるのだが、僕はそのエビたちを、水槽の横に座って何時間もぼーっと眺めていた。

病気が治った今でも、そのときのエビたちの生き残りが、やたら大きくなって水槽の中にいるが、その頃のような愛着は覚えない。「なんでこんなものを……」と思うくらいだ。

エビ飼育に凝っていたときの部屋の一角は、ペットボトルを半分に切ったものに電動エアポンプからの管が何本も入ってボコボコいっていた。相棒が自分のコレクションの中から、愛着のないガラス瓶を提供してくれたので、そこに汽水やらグリーンウォーターやら、餌用の汚泥《おでい》やらを入れて並べていた。植物性プランクトンを培養するためのライトやら、メスシリンダーやピペットが並び、ちょっとした研究室のようになってしまった。相棒の友人がそこに座っている僕をみて「マッドサイエンティストだ」と感想を述べた。

バリ島、ゴジラ、エビ飼育に関してのブームは僕の中で過ぎ去ったが、何もかもすっかり忘れてしまったわけではない。今でもそうしたものが話題に出ると、思わず饒舌《じょうぜつ》に会話に参加してしまったりするし、そうしたものに夢中になった体験の手触りの残滓《ざんし》は自分自身の輪郭を少し広げてくれたような気がする。

僕の人生には、そうした栄養が不足していたのかもしれない。

キレる、パニくる、怖くてたまらない！

思い返すと、うつ病の回復過程は実に複雑怪奇だったと思う。回復が一直線でなく、波があり、フワフワ浮き沈みがあり、突然何かが起こるようなところもあった。まったく、一寸先のことはわからなかったのである。そんな状況で、良くなったり、悪くなったり。社会復帰を焦ったり、ブログに夢中になって疲弊《ひへい》して、それらを全て畳んだり。さらには今までの自分に考えられなかったようなものにハマったり。ときには死にたい気持ちに取り付かれ、自分をなだめながら細々と生活を続け、できる範囲で家事をこなしていた。

僕の神経は全般に過敏で、大きな音や人の声、煙草の匂いなどに弱く、常に「いたたまれなさ」を感じ続けていたのだ。

それでも、いろいろなことを「あきらめ」て欲を持たずに生活している限り、平穏な回復が約束されているようには思えてきていた。しかし、うつ病の不気味でしたたかな別の苦しい状況がやってくる。

僕のうつ病は、一時的に「躁転」してしまったのである。躁といっても気分が良くなるわけではない。イライラすることが多くなった。朝起きて食卓に着き、相棒と話を始める。世間話などから始まり、さまざまな事件の当事者に対して批判を始めたりする。そして自分の頭の中で考えがつぎつぎと湧き出してきて、喋りだすと止まらなくなってしまったりした。

「政府の改革は弱者を切り捨てている。このままだと日本は大変なことになる」

「はあ?」

そんなとき相棒は、僕の世間話が不機嫌にあちこち飛ぶので、あまり真面目に相手をしていなかったようだ。

躁状態の空回りといっても、ベースが「うつ的状況」にあるので厳しい。郵便局でキレて泣きながら怒ったこともある。以前の自分だったら問題がどこにあるか冷静に分析し、自分の目的を考えて、妥当な落とし所を調整するのだったが、ただただ感情に流されていた。いわゆる「最近のキレやすい大人」みたいな感じだ。

さらに躁転だけでなく、パニック障害が現われてきた。乗り物恐怖、閉所恐怖、あるいは受動的な状態にじっとしていなければならない恐怖（ライトな拘禁恐怖）。心臓がドキドキしてきて顔がほてってめまいがする。そのドキドキ感に倒れて死んでしまうのではないかと恐怖するのだ。これには本当に困った。拘禁恐怖で床屋には行けなくなった。対策として、僕は自分で自分の頭を剃った。怪我の功名ではないが、フケ症が治り、スキンヘッドにヒゲを生やすという新しいスタイルもできた。これは気に入ったので、それ以来続けることになった。

他のパニック障害としては、電話恐怖にも長らく悩まされた。どうしても電話だけは不吉な苦情をもたらしてくるようなものにしか思えなかったのだ。これはまあ、職業病のようなものだ。電話の着信音をいろいろ替え、最終的にシューベルトの「アヴェ・マリア」にした。仏教で言うところの「南無阿弥陀仏」のようなものだ。

もう一つ、乗り物恐怖も長引いた。中越地震が起きた頃を境にして、電車に乗れなくなってしまった。かつては満員電車に乗って通勤していたのだ。決して楽ではなかったが、耐えられないということはなく、ギューギュー押されても平気だったのに、空いている電車でさえ不安になっていたたまれなくなる。

電車では座っていてもダメだったし、車もダメだった。バスは比較的まだマシなのだが、窓から外を見ることができない。目をつぶって我慢していた。

電車はやがて乗れるようになるのだが、車に関しては、かなり回復してきてからも高速道路に連れていかれると当時の恐怖を思い出してしまう。僕の体が凄いスピードで走っているという感覚と、それを自分でもどうすることもできないと

世の中が悪い方向に行ってるのはわかりきってる!!
このままじゃいけないんだっ
ぼーー
聞いてない

思うことがパニックにつながってしまう。

さらに、これはパニック障害とも違うのだが、闘病中には薬の副作用なのか、足がむずむずして、交互に細かく動かしていないといられなくなる状態になったこともある。

貧乏ゆすりの習慣はなかったのだが、手や足を細かく動かしているのを相棒に見咎《みとが》められることもあった。無意識に震わせているのだが、意識すると止めることができるので、あるいは違うのかもしれないが「パーキンソン震顫《しんせん》」という副作用が抗うつ剤で出ると聞いたことがある。パーキンソン症の薬では逆に副作用でうつ状態になることもあると聞くので、脳神経の薬の効果というのはなかなか繊細なものなのだろう。

闘病一年、役に立ちたい

うつ病の回復過程に、合併症のように派生したパニック障害に関しては、どうにも治す方法が思いつかなかった。「パニック障害には抗うつ剤が効く」と本に書いてあったりもするのだが、とりあえず抗うつ剤はきちんと飲んでいるのだし。

ただ、実際の生活においては、欲を出しさえしなければ特に問題はないようだった。電車に乗って行かなければならないところもないし、電話も出なくていい。床屋だって行かなくてもなんとかなるのだ。もちろん、心の中では「電車に乗れなければならないし、電話だって出るべきだ。床屋に行けなくてなんとしようぞ」などと焦ってもいるのだが、そういうのが良くないことも学習してきている。

なので、僕は日々の家事をやり、ゴジラをみたりエビを育てたりしながら、電車には乗らずに、近場のみ歩いて出かけるようにしていた。昔の人だったらきっとこんなふうだ。そう思うようにした。

しかし、やっぱり家事だけじゃなくて、相棒の仕事を手伝ったりもしたい。

まず、相棒の税務申告をやることにした。税理士さんが助言をしてくれる申告相談に歩いて行き、調べ物や表計算をするために、久しぶりにパソコンの電源を入れた。さらには以前の勤務先の経理顧問にメールを送り（電話はやはり怖い）源泉徴収票などを送ってもらった。このとき、僕が勤めていた国内法人が撤退したのを知る。

それで、しばらく使い物にならなくなっていた頭を動かして、どうにか二人の確定申告をやり遂げた。そのとき初めて、我が家の家計の状況も把握することができた。相棒が言っていたとおり、本当に「なんとか」なっていたのだ！　僕はちょっとホッとした。そして、それ以来、相棒の経理作業を僕がすることになった。


確定申告が終わった頃、相棒に次の本の仕事が入ってきた。書き下ろしのイラスト・エッセイ本だ。東京のあちこちを歩き回って、その様子をイラストに描き、簡単な文章を添える。本が出たときにそれは『おでかけブック』というタイトルになった。

このとき、僕は荷物持ちとデジカメを持って撮影する係として、相棒に同行することになった。取材の当初の頃は相棒一人で出かけていたのだが、だんだん日程がタイトになってきて、一日で何ヶ所も回らなければならないことになってしまったのだ。僕も、この頃にはバスにも乗れるようになっていたので、電車も大丈夫かもしれないと思い、意を決して取材に付き添うことにした。

最初の取材は、江東区の深川「のらくろード」だった。「田川水泡・のらくろ館」に行くと、昼間からおじいちゃんたちがロビーにたむろしている。まさに「少年倶楽部」に「のらくろ」が連載されていた頃に読んでいた世代なんだろうか。戦後経済の復興を支えたであろう彼らが、リタイアしてもう一度「のらくろ」を読みふけっている様子は、羨《うらや》ましくもあり、侘《わび》しげでもあり、そこには不思議なゆったりとした時間が流れていた。

近場で試して、電車に乗ることも大丈夫そうだったので、次は麻布十番まで足を伸ばした。相棒はこまめに商店街の店名をメモし、豆菓子や煎餅、鯛焼きなどを買っていた。麻布には僕が生まれた病院があり、僕はその門前で「そうか、記憶にはないが、僕はここから人生をスタートしたんだな」などとぼーっと考えていた。

その次の取材は、小石川後楽園と新宿御苑だった。新宿御苑は、僕が最後に勤めていた会社の隣だった。僕はときどき、勤め先でイヤなことがあったときなど、昼休みにお金を払って苑内に入り、ほとんど人がいないところで弁当を食べていたものだ。往時を思い出しつつ、桜の開花前の人気のない新宿御苑をぐるぐると散策したあと、苑外に出て、勤めていた会社の所在も確認してみたが、やはり別の会社の名前になっていた。

「会社はなくなっちゃったけど、人生はまるまる残っているんだよ。辞めてよかったじゃん！」

と相棒には言われたけど、僕は心のどこかで、

「……僕が結果的に彼らを見捨てるようなことをしたので、会社がなくなってしまったのじゃないだろうか。本当に悪いことをしてしまったものだ」

などと考えていた。よく考えてみると、僕が居残っても、もっと状況が悪くなっていただけかもしれないのだが。

相棒は手際よく取材を終え、タイトなスケジュールで本の執筆にかかった。どこでどうなったのか、本の執筆の開始から納品までの日程は、わずか二週間だった。連日、朝から晩まで作業漬けになり、最後の数日は睡眠時間もなくなってしまった。

僕は彼女の隣で、原稿のスキャニング作業や、二色刷り原稿の色指定などを手伝った。表紙や帯のデザインもし、一年前の本のときよりは、格段に役に立っているように思えた。

一年後の真実
会社…ホントになくなっちゃったんだねえ
ちがう名前↓
○×会社
やめててよかったね…

最後はフラフラになりながら作業を終え、データを全て収めたCD-ROMをコンビニから宅配便で発送し、そのあと相棒と近所のお蕎麦屋さんに行って打ち上げをした。いつの間にか桜はすっかり散っていた。

僕は相棒の仕事を手伝うことができたことで、少しだけ自信を回復していた。

電車に乗って取材にも行けたし、たった二人で二週間で本の版下を作ることができたのだ。忙しくて、桜が咲いているのを見ることができなかったけど、充実感があった。相棒の手伝いとして戦力になれたことも本当に嬉しかった。

第3章

僕はこうして相棒と出会った

帰国子女の悲哀

ここでちょっと、僕の闘病を支えてくれた相棒について語ろうと思うのだが、その前に（勿体つけて）相棒と出会う前の僕について、簡単に出自を振り返ってみる。

僕は、高度経済成長期の頂点とも言うべき、東京オリンピックの年に東京で生まれた。とても暑く、水不足の夏だったと母は回想している。オリンピックは秋に開催されたが、もちろん僕の記憶には、ない。父は僕を抱いて甲州街道まで行き、アベベ選手を見せたのだと主張するが、これももちろん記憶にはない。

僕の最初の記憶は、羽田空港に親族が集まっている情景だ。僕と両親が透明な壁のこちら側にいて、祖父母や叔父叔母が壁の向こうにいるという構図である。小さかった僕は抱きかかえられて、透明な壁に取り付けられた、小さな穴のいっぱい開いた蜂の巣のような円盤を通して、祖母に語りかけていた。

これが、僕と両親とがヨーロッパに出発するときだとすると、一歳を少し過ぎた頃とい

小さい頃
ツレが住んでた
おうち

うことになるだろう。次の記憶は、イギリスで妹が誕生したときである。両親から引き離されて、知人の家に預けられたのだ。僕は寝ぼけて、夜に徘徊《はいかい》してしまった。

妹が誕生したイギリスには三年、その後フランスにも三年いた。臆病なところはあるが、活発な子供だったと記憶している。小学校に入る頃に日本に戻ってきた。

当時は帰国子女なんて言葉もなかった。まだ一ドルが三六〇円の時代で、日本人が海外に渡るということ自体が珍しかった。僕の父は船乗りから転職して航空会社に勤務しており、赴任先で運行管理業務を勤めていた。

「君のお父さんはパイロットなの？」

「いや、違う。ディスパッチャー（管制塔で着陸を誘導する者という意味）だ」

という会話をよくしていたことを思い出す。

三つ子の魂なんとやらというコトワザではないが、僕が物心ついたとき、自宅を出れば周囲は常に外国人だった。同じ年代の子供と遊ぶようになったときはフランスにいたから、外に出ればフランス語。それでいて自分が日本人であるということはとても意識していた。フランスではよく中国人に間違われるから、そのたびに「ノン、ジャポネ！」と主張していた。僕は心の底から日本が好きで、自分は日本人なのだと誇っていた。

それが、日本に帰ってきて小学校に入ったら、ヘンなガイジン扱いなのである。繰り返すが、当時は帰国子女という言葉も概念もなかったから、僕につけられたあだ名は「ドロンパ」というものなのだった。藤子不二雄先生の「オバケのQ太郎」という当時とても人気のあった漫画の登場人物で「アメリカオバケ」という設定のキャラクターだ。僕はアメリカ帰りではないし英語もできないし、フランスに行っていたのだと主張すると「イヤミ」というあだ名も頂戴した。しかし、どちらも僕の意にはそぐわないものなのだった。

でも、そうはいっても子供の適応力の良さで、僕は子供たちの間ではすぐに順応した。強い子、弱い子、とろい子など色々いる中で、それなりに仲間として受け入れられたのだが、学校の先生からは、やはり異端視された。

「モチヅキ、数を数えてみろ！」

「あ、はい。いち、にっ、さん」

「そうじゃなくて、ここにある物を数えてみろ！」

「あ、ああ？　ひとつ、ふたつ、さんつ……」

「さんつ、じゃない。みっつだ！」（一同は大笑い）

そんなような、揚げ足とりのようなカラカイのような、ちょっと悪意に満ちた扱いをしばしば受けた。

もちろん、僕の行動は常に奇妙で、最初の体育の授業では「気をつけ!」という号令に目をぱちくりさせて「気をつけて」しまい、「前へならえ」という号令で、前の子をつついて「僕に教えてくれよ」と話しかけてしまったりしていた。そのたびに「おまえはガイジンだからしょうがねえなあ」と教師に言われ、「僕ってガイジンなの?」と非常に複雑な思いをしたものだ。

僕は自分のことをずっと日本人と信じ、日本を敬愛してきていたのに、日本人としては失格とみなされているのだと思い、愕然《がくぜん》とした。何かこの「信じていた組織にてのひらを返したように突き放される」という体験を、すでに七歳にして味わってしまったことが、この後の僕の人生に大きな影響を与えたと言ってみたいのだが、実は特にそんなこともなかったようだ。

しぶい教養趣味的学生時代

小学校の間に転校を何回か繰り返し、その都度ローカルなカルチャーの違いにはショックを受けたが、帰国子女としてのチクハグさは収まっていった。そんな僕が、中学に入ると、なんとクラシック音楽マニアになってしまった。もちろん最初からマニアだったわけではないが。

クラシック音楽に夢中になったのは、ベートーヴェンのLPレコードを聴いたことからだった。カール・ベーム指揮ベルリン・フィルの「運命」のモノラル盤を安価なプレーヤで擦り切れるほど聴いていた。

ひとしきりベートーヴェンにはまったあと、図書室でトーマス・マンやヘッセ、ゲーテなどを読み漁《あさ》った。ドイツ文化に痺《しび》れてしまったのである。なぜフランス帰りの僕がドイツだったのか、さっぱりわからないが、当時僕は関西に住んでいて、関西ではドイツ文化に親しむ土壌のようなものがあったと思う。地元の大阪フィルはベートーヴェンを得意にしていたし、中学のときの恩師もドイツ文学が好きだったようだ。

僕の興味はそのうちあっさりとロシア文学とロシア音楽に傾いてしまうのだが、音楽・文学・絵画と外国の文化を結びつけて、そのひとまとまりを愛好してしまうという姿勢は一貫していた。すでに床屋が苦手で、気がつくと長髪になっていた。図書館やレコード屋のクラシックコーナーを愛する孤独な中学生だったが、似たような性格の友人も何人かできて楽しくやっていた。このとき得た親友から手塚治虫先生の漫画を教えられ、文学と同じくらいか、それ以上に傾倒し、その当時に順次刊行されていた手塚治虫全集を片端から本屋で立ち読みしていた。


高校生のときからは関東に戻ってきていた。両親が再び海外に赴任していたので、僕は祖母と住み、千葉の高校に通っていた。ここでは吹奏楽部に入れ込み、勉強はあまりしなかったが、頭でっかちな性格なので成績は良かった。

吹奏楽部はそこそこ体育会系で、集団行動が重んじられた。僕はしばしば逸脱していたが、それでも居座り続け、厳しい指導で後輩を泣かせたりしながら三年間をまっとうした。部活ばかりやっていた高校生活だったが、体育委員長もやって苦手な体育の成績を良くつけてもらうなど、要領よく立ち回ったので、現役で地元の国立大学に合格した。当時は七科目必修の共通一次試験があり、広く浅い勉学の仕方が僕は得意だったようである。

ここまでは、とりたてて挫折と呼ぶようなもののない人生だ。

しかし、僕は大学に進学してから、いわゆるモラトリアム学生のようになってしまった。自分が何をすべきなのか、よくわからなくなってしまった。音楽や文学は好きだが、それで食べていけるような社会性を得られるとはとても思えない。僕の知識には、とても偏りがあり、同世代の学生に比べてどうも劣っているような気がする。彼らと比べると、自分の欠点のようなものも明らかにしてきた。お酒が飲めないとか、明るく騒ぐことができないとか、そんなことを気にしていた。車の免許も取ろうと思えないし、スポーツも嫌いだ。図書館にこもって本を読んでいるか、自室のオーディオセットの前で音楽を聴いているという生活になってしまった。

また、この頃から、皮膚や耳の中に湿疹《しっしん》ができるようになり、それをきっかけにして菜食主義を始めてしまった。当初は不便さを感じながら、少しずつ肉や魚（当時は卵も）を断ってみたのだが、そうしていると湿疹の具合が良くなる。油断して肉エキスの使われたスナック菓子を食べると、また湿疹がぶり返す。

大学時代の悪友に「毒を盛られた」こともあった。ラードを入れられたホットケーキを食べさせられたのだ。食べたときは何でもなかったが、みるみる顔から首すじに赤い発疹が走り、その場に居合わせた連中は「信号機みたいだ」と感想を述べた。

　肉や魚が食べられないことは、不便なものだと思い、当初はずいぶん戸惑いもあった。しかし、これを克服すべきだと考えなくなった

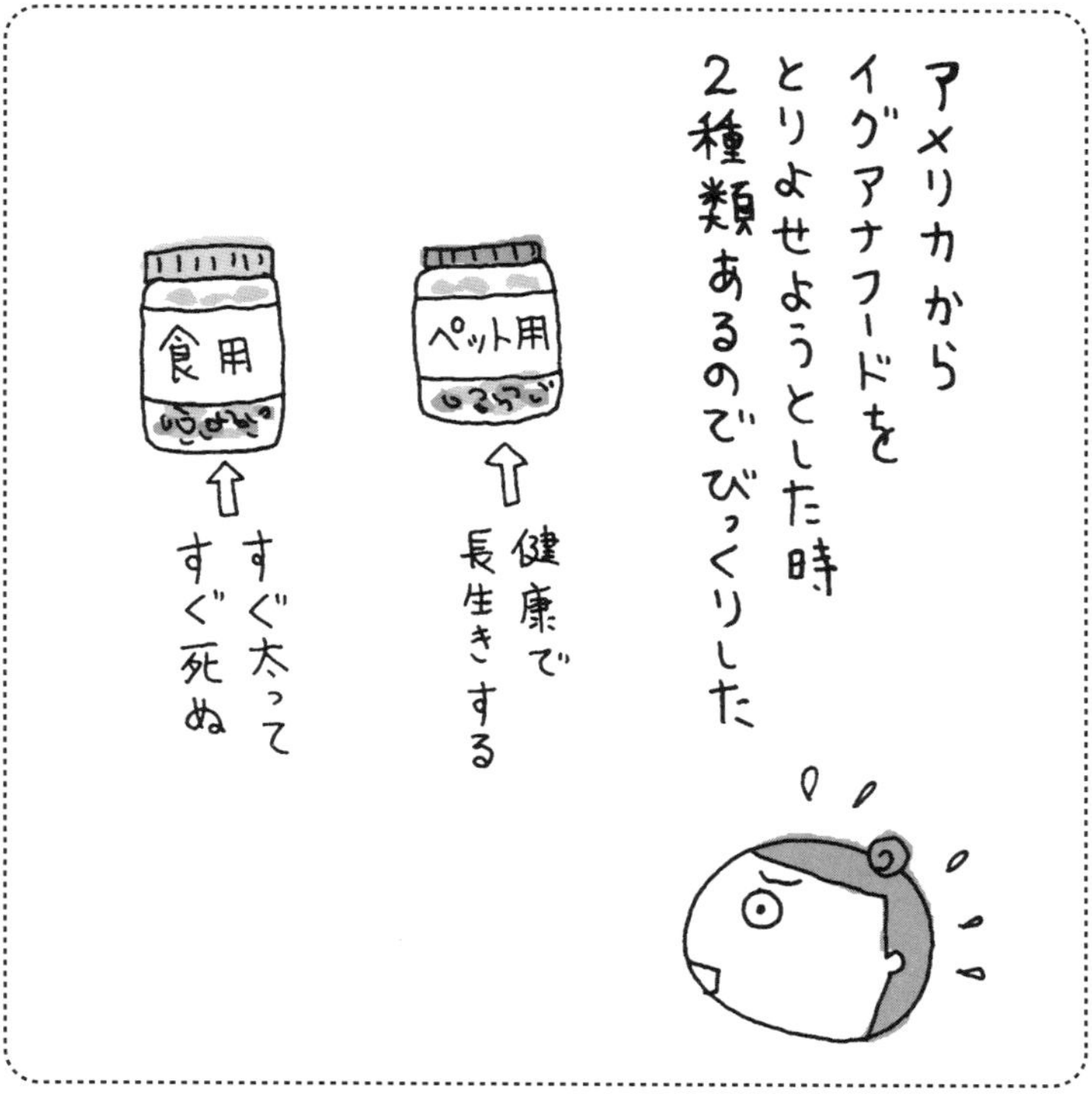
アメリカから
イグアナフードを
とりよせようとした時
2種類あるのでびっくりした
ペット用
健康で長生きする
食用
すぐ太ってすぐ死ぬ

のは、宮澤賢治や菜食主義者の本を読んで共鳴したからだ。食肉にされる家畜とて、賢い動物なのだ。親のように養ってくれていた人間にある日殺されて食べられてしまうというのは、いかにも残酷だ。

うちのイグアナも、棲息している現地では食用にされていると聞く。味は鶏肉のようで、なかなか美味しいそうだ。しかし、こんなに懐《なつ》いている動物を食べるというのは、僕にはできそうもない。だから僕は、湿疹やアレルギーが顕著でなくなった中年の今でも、菜食主義を通している。

運命との取り引き

僕はちょっと変わっているのかもしれない。

それがどこから出てきたのか、僕にはよくわからなかったが、世間一般の人が良しとするような物でも、僕には必要のない物のように思えることがよくあり、また、誰もが必要としないような物が大切なものに思えることがあった。

それはまあ、生活の趣味というか、自分らしさと言い換えることもできる。

世間的な成功みたいなものも、自分の場合は半分くらいがちょうどいいやと考えていた。自分なりに、「なんだか自分って淡白?」と感じていた。

それで、当時の僕は運命と取り引きをすることにしよう、と思った。

世間的な欲を抑える代わりに、僕は僕らしさをまっとうさせてもらおうと考えてみたのだ。具体的には、収入は少なくてもいいから自由時間がたっぷり欲しい。車や家を所有することがなくても、あるいは家族を得ることができなくても、自分の気に入った文学や音楽に囲まれていたい。肉や魚は食べなくてもいいから、お気に入りのフランス製チーズを、ニキビができるまで食べてみたい、などなど。

犠牲を払って代償を得るという意味では、運命との取り引きは成立しそうだったのだが、社会との取り引きがうまく行かなかった。大学を出た頃、日本はバブル経済の絶頂期で、企業は引く手あまたで働き手を募集していたが、僕が求める条件を満たしてくれそうな企業はなかった。「たっぷりお金をやるから、たっぷり働いてくれないか」という要求が横並びだった。日本の企業と、そこで働く働き方はまだ一枚岩だったのだ。

どうも会社勤めは僕にはうまくできそうになかった。

会社勤めをしないとなると、自由業を目指すのが一番に思われた。作曲家や小説家、漫画家やイラストレーターのような存在になれれば、僕の考えているライフスタイルを実現できるだろう。

しかし、経験も技術もない僕がいきなり自由業で独立できるわけもない。とすると、短期のアルバイトをしながら、技術とコネを獲得していくようなやりかたしかないんじゃないか。僕は具体的な展望もないまま、大学を卒業して、なんとなく半端社会人のような立場になってしまった。

当時公開された映画に「フリーター」というものがあった。自由な生き方を求めるフリーアルバイターの若者たちが、英知と野望で大企業の手先に勝つという話だった。羽賀研二や有薗芳記、洞口依子といった、僕と同世代で自主映画好みの人たちに人気のある俳優が出演していた。僕はこの単純な映画を斜にみていたが、それでも何か自分の心に響く点を認めないではいられなかった。僕もフリーターだ。そう思った。

当時はバブル景気の真っ只中だったので、いかようにでも食べて行くことができた。僕はライターの真似事をし、小説の持ち込みをした。小説では食べて行けなかったが、漫画の原作の仕事をもらったりした。原作を持っていった漫画家の先生に捕まって、少年漫画のアシスタント業をしていたりもした。ゴールデンウィークには和菓子の工場で短期アルバイトをし、年末にはサンタクロースの格好をして街角に立っていた。

日本中が金持ち狂想曲で浮かれていた。そんなとき僕は貧乏だった。しかし「ちょっとだけ働けば、自由な時間がいっぱいできる」という意味では豊かだったと思う。それが僕が受けたバブルの恩恵だ。しかし、そんな時期は長くは続かなかった。

それでも、僕は運が良かったと思う。バブル経済の頃の生活をベースにその後の人生を設計することはしなかったからだ。バブル経済がはじけたとき、僕は「セツ・モードセミナー」という絵の専門学校に通っていた。ここに通い始めた動機は単純で、漫画家のアシスタント業をやっていたときに「きちんと絵が描ければ楽しいだろうなあ」と絵を描くことに憧れたからである。

あわよくば、絵の技術を磨いて「イラストレーターのようなものになれたらなあ」と期待していたのだ。しかし、残念なことに僕には絵の才能はあまりないようだった。

でも、この学校に通ったことは、僕の人生に大きな収穫をもたらした。

この学校で将来の伴侶となる相棒に出会ったからだ。

親に結婚できないと予言されていた

僕らが子供の頃、「大人になったら何になりたい？」という、考えようによっては残酷な質問が子供たちにたびたび投げかけられていた。もちろん、子供は適当にその時点での「夢」を答えている。僕も「科学者」と答えたり「プロ野球の選手」とか「天文学者」とか答えていた。

男の子は、そんな答えだったが、女の子の半数くらいは「お嫁さん」と答えていたように思う。

それはつまり、結婚して専業主婦になるという夢だ。

ある意味、牧歌的な時代で、クラスメイトの家庭の多くは勤め人の父親と専業主婦の母親を持っていた。女の子にとって、結婚がもっとも身近な憧れだったのだろう。

とはいえ、男の子だって、まさか自分が結婚できないとは思っていない。

科学者やプロ野球の選手として成功して、しかるべくして、良妻賢母な女性と結婚できるはずだと考えていただろう。結婚して、子供も作って、自分の両親のような家庭を持つのは、特に努力しなくてもかなえられる夢だと思っていたはずだ。

ところが、こんな時代に、両親や学校の先生に「おまえは、きっと結婚できないなあ」と言われてしまった男の子がいる。何を隠そう、この僕である。

僕は中学に上がる前くらいに両親に「おまえのような変人は結婚できない」と予言されてしまった。思春期になる前にこの呪いをかけられ、この呪いに後々脅かされることになっていた。

両親や学校の先生だけでなく、叔父叔母や周囲の大人たちにも言われていたので、かなり真に受けていた。どうせ結婚できないのだから異性に興味を持つことはやめておこう、と本気で思ったりもした。どうも言われてみると、自分は変わり者らしいし、そんな自分にピッタリのパートナーがいるとは思えない。もしいたとしても想像もつかない……そんなふうにも考えていた。

しかし、どうして僕は子供であるその頃、周囲の大人に「結婚できない」と思わせたのだろう？　特にかんしゃく持ちだったわけでもないし、わがままで勝手だったわけでもな

お前は結婚できない
お前は結婚できない
ある意味
ベストカップル？

い。ただ、ちょっと自分の世界に没頭してしまいがちなところはあったろう。そして、自分なりの規則を決めて、それを守っていないと動揺してしまうようなところはあった。

しかし、考えてみると自分の子供に「おまえは結婚できない」と言ってのける両親というのもどうかと思うのだ。僕が考えるに、両親や叔父叔母はそれぞれ、自分の兄弟に似た性格を僕の中に見てとっていた。そして、自分たちではなく、その兄弟に似ていると思うと、少し苦手意識を持ってしまったのだろう。

学校の先生はまた別の理由でそう言っていたのかもしれない。女の子の友だちが多い僕の様子をからかっていたのかも。


ところで、同じ時代の日本に、同じように母親に「おまえは変わっているから結婚はできない」と言われてしまった女の子がいた。それが僕の相棒である。彼女の子供時代のエピソードを聞くと、相当に親を困らせていたらしい。

お客さんの持ち物を、勝手に裏の田んぼに捨ててきて知らぬふりをしていたことが語り草になっている。また、たいそう口が達者で、人の揚げ足を取らせたら、年の離れた大人でさえも泣かされてしまうというほどの憎たらしい子供だったらしい。やりたくないことは頑としてしない子供になってしまったため、彼女の母親は何も家事の手伝いをさせることができなかったそうだ。そして年頃になったときに「おまえは何もできないから、ほら、結婚して奥さんになるのは無理だよね」と勝ち誇って言ったそうだ。これはお義母さんのほうも五十歩百歩で、相棒一人の問題じゃなさそうだとも思うのだが。

そして、自分は変人だから結婚できないと思っていた二人が、自分に良く似た相手に、絵の専門学校「セツ・モードセミナー」で出会ってしまう。しかも、この学校の他の生徒や教師たちときたら真性の変人ぶりで、自分たちなど単なる自称変人にすぎなかったのではないかと思わされるような環境だったので、そこでは比較的マトモな二人としてお互いを認識することになった。

そして恋に落ち、幾多の苦労を経て、結婚することになった。

そのとき、僕は思った。

「結婚できないなんて、ウソだったじゃないか……」

呪いをかけた当の両親たちは、奇跡が起こったとでも言いたげなそぶりで喜んではいた。双方の両親が「こんな変人と結婚してくれる奇特な人がいたなんて」と思っていたようだ。

第4章

恋愛から結婚への日々

相棒との出会い

僕と相棒は、元同級生である。

しかし、年齢は五歳も離れている。お互い、それなりの社会人経験を経てのちに入学した専門学校での同級生だったりする。絵の専門学校だ。

その学校は「セツ・モードセミナー」といって、四ツ谷にほど近い新宿区の舟町というところにある。

長沢節という、ピンクの服がよく似合うおじいちゃんが校長だった。今ではもう亡くなっているのだが、学校は続いているようだ。この節センセイ、異様に絵がうまいが、教えることもうまい。なぜかこの学校に通った人たちから、売れっ子の商業イラストレーターや漫画家が多く生まれている。

僕と相棒は、この学校に一九九一年の秋に入学した。年に二回、新入生を採るのだ。そして午前、午後、夜間の三つのクラスがある。倍率が低いと無抽選になり、申し込みをし

これいいっ
A!!
ルイヴィトンのベルトウエストポーチ
ピンクのズボン
長沢節先生

た人たちが全員入学できる。この年は午後部が無抽選だった。

まだこのときは日本の景気がすぐれていると思われていた状況で、僕も相棒もなんとなく働いて貯めた貯金で、なんとなく絵の勉強に来ていた。二年間勉強すれば、イラストレーターとして広告か出版の業界に潜り込めるようになるだろう、となんとなく思っていた。

セツ・モード午後部の授業は午後二時から四時半までの二時間半。間にコーヒー休憩が三〇分あるので、実際には二時間だけだ。それが週三回。出席も確認しないし、先生が生徒に技術的なことを教えることもない。先生は生徒に混じって、クロッキーを描いたり、水彩画を描いたりしているだけである。水彩に関しては合評というものもあるが、基本的な色使いを指摘するだけだ。うまい人は褒められるが、ヘタな絵は無視され、何も言ってもらえない。無視される人はなんとか無視されないようにすることを考えるしかない。

（これは、なかなか……いや、すごく厳しいのではないだろうか？）

と僕は思った。

自由と責任。日本の学校には珍しいその二つがそこにはあった。何をするのも自由である。しかし何をしたかという結果の責任はすべて自分にかかってくる。

わずか数ヶ月で、生徒のパターンはほぼ三つに分かれるようになった。先生や先輩を

「真似」て食い下がるタイプ。自由を履き違えて「奔放」になってしまうタイプ。そしてついていけなくて「脱落」するタイプだ。「脱落」するタイプは学費を納めているのに、学校に来なくなってしまっていた。僕と相棒は、とりあえず「真似」タイプに入りつつ、センセイの奇抜な言動に度肝を抜かれたり、耳を引っ張られたりしながら絵を描いていた。

坂道のてっぺんにある細長い建物で、教室と教室の間の移動は階段を利用した。節センセイが若い頃留学したパリの雰囲気をそこかしこに持ち込んだ造りの学校だった。フランスで育った僕には、かなり居心地の良いものに感じられた。

セツ・モードセミナー卒の有名イラストレーターが多い理由については、在学中によく理解できた。ここでは生徒の素質を決して潰さない。絶対服従で修行のようにやらされるクロッキーと、独特の色使いを良しとする水彩画の授業でもそうだ。他の生徒が描き上げた絵と自分の絵を比較しつつ、授業の度に大量の絵を見せられるので、すぐに絵の良し悪しがわかるようになる。僕は自分の絵の凡庸さがすぐにわかるようになりガッカリした。

絵の世界というのは、才能のあるなしが大きく関わる不公平な世界でもある。

そして、この学校で半年も修行すれば、才能のあるなしが見分けられるようになってしまう。僕の絵はいつでも凡庸で、それを恥ずかしげもなくさらしているのだった。

高校を卒業してすぐだったら、その事実だけで赤面して授業に参加しなくなっていたかもしれない。しかし、社会人を経て来ている僕はそれなりにタフだった。自分が絵の才能のあるなしを見分けられるようになったことだけでも十分だと思った。

僕はセツ・モードセミナーに入る前は、短い期間だが漫画家のアシスタント業をしていた。だから、セツ・モードセミナーに入学して、他の生徒たちの絵をじっくり見るようになったが、商業漫画の匂いには敏感に反応した。相棒の絵もその匂いがしていたのだ。いや、匂いだけではなく、彼女の場合はクロッキーに吹き出しをつけてセリフまで書いている。時にはコマ割りもしていた。すぐに僕は彼女に声をかけた。

「漫画だ、漫画を描いている人がいる。うまい漫画だ」

そんなような声かけだったか。

「ほっといてください」

彼女は最初は無視していたが、僕がしつこく漫画の内容や意味について質問したので、相手をしてくれるようになった。僕は彼女の漫画が、なかなかいい線を行っていると思い、そのように告げた。

彼女は僕が思った通り、以前漫画を描いて投稿していたことがあると白状した。聞けば、少女漫画誌の漫画スクールで何度か賞金を貰ったこともあるという。

漫画誌の漫画スクールというのは、誌面に謳《うた》っているほどには賞金を出していないものだ。実際には投稿で賞金を貰うのはむずかしく、熱心に持ち込みを続けているデビュー寸前の新人や、有名な漫画家のアシスタントが貰っているケースが多い……ということをアシスト稼業の間に知識として仕入れていた。なので投稿で賞金を貰ったというのなら、図抜けた才能の持ち主というべきであろう、と僕は思った。確かに彼女の才能は、漫画投稿者としては図抜けているように感じられた。

「でも、高校の同級生に、才能ないって言われたから、今ではもう投稿もしていない」

と彼女は言った。その同級生はとりたてて漫画に明るいわけでもないらしい。ずいぶん無責任なことを言ったものだ。

「そんなことないよ。才能はあると思う。プロでも十分通じるんじゃないかな」

と僕は言った。こっちの発言のほうが無責任かもしれない。

「なんでそんなことがわかるの？　このスケッチブックに描いた落書きだけで」

と彼女は食い下がった。スケッチブックに描いたクロッキーは、モデルだけでなく周囲

最初に話したのは丸の内線の最後尾車両の中だったと思う
（学校の帰り）
あ 青いセーターの人だ
青いセーターを着ていた
オトモダチ

の画学生たちも描かれていて、それぞれの心の呟《つぶや》きが吹き出しの中のセリフになっていた。

「読み手の目線をきちんと意識して描かれている。セリフをこういうふうに読んでいくだけで、だんだん客観的にさせられる。そして左端のセリフがオチとして効いている。脱力して笑える」

などと僕はしたり顔で評論していた。少し苦しまぎれだったかもしれない。

「ふーん……」

と彼女は疑わしそうな目で僕を見ていたが、内心まんざらでもなさそうだった。

僕らはやがて打ち解けて、漫画の話に花を咲かせた。コーヒー休憩のとき、近くのテーブルに僕とほぼ同じ年恰好の男性がいて、「実は僕も漫画家アシスタントをしているのだ」と言いながら話に加わってくれたこともある。その彼はRさんと言ったのだが、とある漫画家のアシスト兼パートナーだった。相棒がデビュー後にさんざん苦労した漫画誌の看板作家だったので、漫画家のパーティーで再会したそうだ。不思議な偶然である。

ともかく、将来の相棒になる女性の漫画の好みは「吉田戦車」だった。僕が代表作しか読んでいないことを知ると、デビュー直後のマニアックな単行本を何冊も貸してくれた。

なぜか僕は彼女の考えていることがよくわかるようになり、彼女の表情を読んで、彼女の心の中のセリフを先取りして、からかうことがあった。

「今、あの人を見て、若さっていいな〜、自分はもうついてけない、って思わなかった？」

とか、

「焼きトウモロコシが食べたいが、歯に詰まることが気になって手が出せない、とか思ってない？」

などと彼女の耳元で囁《ささや》いていた。彼女はもちろん、腹を立てていた。

「嫌いだ、嫌いだ、世界で一番嫌いな男だ」

と思っていたらしい。しかしなぜか、ひょこひょことスケッチブックを見せに来た。スケッチブックに描かれた落書きはあいかわらず面白く、読んでいるうちに声を出して笑ってしまいそうになるものもあった。セツ・モードセミナーで仲良しになった「ぐーすちゃん」がエジプトのお姫さまになり、ファラオ君と共に東京を旅するなどという他愛のない内容のものが多かったのだが。

セツ・モードセミナーのクラスの中では、僕と相棒はどちらかといえば劣等生だった。図抜けて才能のある生徒が何人かいて、僕らの仲間内にもそういう生徒はいた。努力で埋めることのできない隙間が存在していた。でも、絵を描いていることは楽しかった。

僕の絵に関しては相棒も疑問を呈していた。

「ヘンな色、ヘンな題材。でもパッとしな〜い。才能な〜い」

と容赦なく口にした。それは事実だった。

「君はすごく才能があると思う。でもそれは絵じゃない。漫画のほうだ」

と僕も切り返した。

「漫画家になれたらね。いいと思っているの。夢だったんだ」

と彼女は言った。

「なれるさ。これだけ描ければ。確実に」

と僕は力強く保証していた。

「いろいろ新しい漫画も読んで、やっぱり漫画っていいな〜って思ったんだ。どんなふうに描いてもいいんだなって。すごい漫画を読むと、私もそういうのが描きたいって思う」

彼女はセツ・モードセミナーに来てから、「ガロ」という前衛的な漫画誌に掲載されている、いわゆるガロ系と言われる漫画に凝っていた。念頭にあったのは、きっと、つげ義春先生の漫画だ。他に高野文子さんの諸作品にも影響を受けていた。

「描けるさ。君ならば」

「やるよ」

と彼女は小ずるい口調で宣言した。

「やりなよ。応援するよ」

「ガロ」という雑誌も
高野文子さんという
偉大なまんが家さんも
教えてくれたのは
ツレです

少女まんがしか
読んだことが
なかった
ひゃー
ひゃー
ガロ
世の中には
こんなまんがも
あるんだよ
高野
文子

と僕も言った。どういうわけか心の底から本気で、彼女がすごい漫画家になるのだと思っていた。すぐにデビューして、単行本を何冊も上梓して、共感する人の多い芸術的な漫画家になるのだと信じられた。僕は彼女を応援したいと思ったのだが、その後デビューするまであんなに大変で、雑誌に載るのがあんなにちょっとで、芸術的な作風はやがて変遷し、日常を切り取る名人になってしまうとは全然想像がつかなかった。

友だちから恋人へ

僕と相棒は、知り合ってからしばらく、友だちという関係だった。体質が似ているのか、一緒に居て疲れなかった。趣味も似ているので話もよくはずみ、友だちとして、良い関係だった。

なぜか友だち時代に、前出の「ぐーすちゃん」と一緒に相棒の実家に遊びに行ったことを思い出す。ぐーすちゃんと僕も良い友だちで、映画や演劇の話をよくしていたが、彼女はセツ・モードセミナーに入学してすぐ、大学時代の同級生と結婚してしまった。相棒の実家に行ったときは新婚さんだったのだ。

田舎の駅に着くと、相棒がぼろっちい軽自動車に乗って迎えに来ていた。走行を始めるとサスペンションが壊れているのか常に仔犬の鳴き声のような音を出し、交差点を曲がるときに原因不明のガリガリ音がしていた。

「ごめんね〜。ボロ車で。廃車寸前のやつなんだ〜」

彼女の実家に着くと、廃車寸前の車がずらーっと並んでいた。

彼女の父親は自動車の整備工場を一人で切り盛りしていた。その頃はまだ景気が良かったので、新車を買うお客が置いていってしまう中古車が溢れていたようだ。相棒の実家に

北関東の人
よく来たね まーまー お茶でも
いただきまーす
お腹すいた でしょ? おにぎり でも
サンキュー
いただきまーす
←母
うどん とったから 食べて
サンキュ
いただきまーす
←母
お腹すいた でしょ? おすしでも とる?
えっ
もう 大丈夫 です!!
ホント? お腹すいて ない?
←母

は「よそ行きの車」とか「ふだん使いの車」があり、家族がそれを使ってしまうと「廃車寸前」の車を使うことになるのだった。中には「飼い犬を閉じ込めておく車」とか、部品を取ってしまったので走らない車もいっぱいあるのだった。壮観だった。

実家にいるときの彼女は、リラックスしていて楽しそうだった。

北関東特有の喋り方をしていて、来訪者にひたすら物を食べさせたがった。

そんなところは僕の祖母と一緒だった。

さんざん談笑して、僕らが帰途に着くときに、相棒の母君が見送りに出てきた。飼い犬を抱えていて、前肢を持って振らせていた。なんだか暖かい気持ちになった。

まさか、何度もそこに通うようになり、そのうちにそこが僕自身の第二の故郷になってしまうとは。そんなことは想像もしなかったことだった。

というわけで、友だちとして遊びに行き、友だちとして付き合いを続けていたのだが、もちろん彼女の過去の恋愛の話などを聞かされることもあった。

「男の人はずるい。男の人は勝手なのだ」

と彼女は言った。

「別にすべての男がそうだってわけじゃない。男にも女にもずるい人はいるし、そうでない人もいると思うよ」

と僕は言ったが、彼女がそれまで付き合ってきた男性の話を聞くに、どうもみんな、とてつもなくずるいらしかったのだ。

「ずるくない男がいるというのなら、見せてみろ」

と彼女は言った。

「うーん……」

と僕は唸《うな》った。僕がずるくない男だと言いたい気持ちは山々だったのだが、残念なことに僕もそれまでなかなかずるい男っぷりで生きていたような気もした。

「ほらみろ、男はずるいのだ」

と彼女は言った。こんな会話を、専門学校の授業のコーヒー休憩のときなどに延々としていた。

「でも女の人だってずるいよ」

と懲りずに僕は言った。

彼女は眉をひそめた。それから首を少し傾けて、こんなことを言った。

「ねぇ、スペイン語で牛のことをなんて言うか知ってる?」

「……知らない」

「……バ〜カ」

彼女はそう言って席を立った。スペイン語で牛のことはバカ(Ｖａｃａ)というらしい。

しかしもちろん、牛のことだけではなさそうだった。


画学生の生活は楽しかった。自分に図抜けた才能がないとわかりはしたのだが、絵を描くことが楽しかったのでひたすら絵を描いていた。絵を描くことで、自分が見ていた世界のリアリティをあらためて発見していた。季節感についてもそうだ。冬の光、春の陽射し、夏には千葉の大原の海岸でスケッチ合宿があった。やがて入学して一年が過ぎ、僕と相棒は恋仲というものになってしまった。

僕にも彼女にも、しつこくつきまとってくる異性がいた。僕らは静かにそれほど才能のない絵を描いていたに過ぎないのだが、この人はこんな人に違いないと勝手な理想を押し付けられもする。勝手な理想を抱いて、勝手なプレゼントを贈りつけてきたりもする異性は、確かに彼女の言うとおりの「ずるい人」に思われた。僕と相棒は多少の身の危険も感じ、絵の学校から遁走《とんそう》することにした。学費は払っていたし、卒業制作も提出したのだが、最後の数ヶ月は授業には真面目に通っていない。相棒は仕事を探した。僕も仕事を探そうと、求人誌を買い求め面接に走り回っていた。

「私と君は似ている。一緒にいると安心する」

と彼女は言っていた。それは僕も同感だった。

体質や疲れやすさ、暑さ寒さの感じ方や、お腹の壊しやすいところも似ていた。音や匂いに神経質なところも。性格は微妙に違っているようだったが。

彼女はあいかわらず専門学校に通い続けるふりをして実家を出てきていたのだが、実際には僕のアパートに通っていた。週に三回、二人で仕事を探したり、卒業制作の作品を作ったりしていた。

夕方が来て、彼女が帰るときに僕は上野駅まで送っていた。

「帰りたくない。今夜世界が終わっちゃうとしたら、一緒にいられないのは耐えられない」

と彼女は言った。

唐突に世界が終わっちゃうような気分になっていたが、二人でくっついて逃げたことで、それまでの人間関係が変わり、それぞれが執拗な嫌がらせを受けたりもしていて、なんだか八方塞《ふさが》りな毎日だったのだ。もちろんそれだけではない。恋愛をしたことで、それまでの常識がひっくり返るような気分を味わっていたのだろう。自分たちが恋愛してしまうなんて、世界の終わりのようだ、と感じていたのかもしれない。

「頑張って一緒にいられるようにするよ。たとえ世界の終わりが来ても」

と僕は言った。

彼女はほどなくして駅の売店での仕事をみつけた。一人暮らしをするのだと張り切っていたが、すぐに部屋を借りる資金はなく、当初は寮生活となった。

僕も正社員での仕事探しをいったん棚に上げ、アルバイトを始めた。

郵便局の基地局で、小包の仕分け作業の夜勤をしていた。年末年始の繁忙期に潜り込んだのである。僕らが専門学校に通っている間に、日本の景気はおそろしく悪化していた。民間の落ち込みは早かったのだが、鉄道会社や郵便局など公の色彩の強い職場では、景気が良かった頃の名残もあって、採用の門戸も広く、待遇も悪くなかったように思う。

こうして、彼女の身分は「準社員」になり、僕の身分は「ゆうめいと」というものになった。「ゆうめいと」は実質、アルバイトである。だけどフルタイムで働いていたのだ。

貧乏だけど楽しかった時代

僕らは働き始めたが、二人とも夜勤を含む長時間労働で、二日を一単位として働いていた。僕の場合は夕方五時から翌朝の九時までの十六時間労働。戻った日には休んで翌日の夕方からまた勤務に入る。相棒の場合は、朝の十時から十二時間働き、八時間休んで翌朝六時から十時までの四時間勤務だった。こちらも戻った日には休みになる。

それぞれの出勤と戻りが合えば、戻った日にずっと一緒にいられるのだが、うっかり一日ずれてしまうと、一人が帰ってくるのとすれ違いに一人が出勤するようなことになってしまう。郵便局は週単位でシフトを組んでいたが、売店は五日単位でシフトを組むので、この周期が微妙に合ったり合わなかったりを繰り返していた。

相棒は三ヶ月ほど寮生活をしていた。寮は埼玉県の蕨《わらび》市にあり、制服を着てずらずら歩く売店員たちの姿が、そこら辺の名物らしかった。寮は古く、しょっちゅう工事をしていた。さらに寮にストーカーが入り込むなどの事件もあった。相棒は資金が貯まるとすぐにそこを出て、川口市の駅前のワンルームマンションを借りた。僕もそこから歩いて二分ほどの場所に賃貸アパートを借りた。

なぜか同棲するという選択肢は頭になかった。それぞれがきちんと一人前の大人になりたいと思っていた。僕は自分のアパートで料理を作って持っていったり、相棒のマンションの簡易キッチンを借りて米を炊いたりした。ちょうど日本米が不作で、タイ米や中国産の米が輸入されている年だったのだが、僕はロングライスが大好きだったので、しばしば炊き込みご飯を作っていた。

その頃の僕らの年収は、相棒が二百万円を少し上回るくらい。僕は百六十万円くらいだった。ここから少額だが税金と保険料と年金が引かれる。そして家賃をたっぷり払わなければならない。月の生活費はそれぞれ四〜五万円だったと思う。

「一緒の財布にしてしまうと、楽だろうなあ」

と僕は思った。なんといっても家賃が痛かった。二人分で十二万円くらい払っている。

電化製品を買うことができず、友人から譲ってもらったり、ゴミ捨て場で拾ってきて修理して使ったりもした。また安いものを買うための努力も怠りなかった。夜勤明けの日に安売りセールに並ぶのはお手の物だった。

しかし、あまりに安いものに手を出して失敗もする。僕が買った怪しい安い冷蔵庫（とあるアジア諸国製品）は、ドアを開けるときに注意しないと足の指を挟むので、僕の家に来て勝手に冷蔵庫を開けた人はことごとく足にケガをしてしまうのだった。

また日常的に夜勤をしているせいで、二人とも夜に強くなってしまった。戻りの日の夜など寝付けない。日程がすれ違ってしまったときの夜などは、かなり孤独だった。深夜のテレビ番組をみたり、ゲーム機で遊んだりして時間を潰した。テレビ番組の感想や、ゲームの攻略したところ、それから日々思うことなどをノートに書いて交換日記のようにしていたこともある。相棒はまた漫画を描き始め、投稿もしていた。この頃に現在も使っている「細川貂々」というペンネームを考案した。

このペンネームに関しては、当時の総理大臣が細川護熙氏だったので、その姓を拝借した。名前の「貂」は、彼女が好きだった高野文子さんの漫画に動物の貂（イタチ科）が登場するのだが、その動物の漢字を繰り返して「貂々」とした。

夜に強く、しかも貧乏なので、二人揃っているときはよく不燃ゴミ・ハンティングをした。テレビやビデオデッキは何回か入れ替えた。頑張って拾ってきても使えないものもあったが、簡単な修理で直ってしまうものもあった。ある夜、僕たちは宝の山を掘り当てた。

「ちょっと〜。見て〜。信じられない。これレーザーディスク。ほとんど新品」

相棒が僕を引っ張って行って言った。

そこには蓋のないダンボール箱が捨てられていた。その中に何枚ものジャケットが納められている。ちょっと目にはLPレコードのように見えたが、相棒に言われて見てみると、確かにレーザーディスクなのだった。洋画や邦画、アニメやアダルト物もある。おそらくは個人のコレクションのようでもあるが、ほとんど封を切って一度使用しただけのもののようだ。

「こりゃ凄い。よし拾う」

と僕は言い、箱を担いで引き上げることにした。当時は一晩中荷分け作業をやっていたので、筋力だけはついていた。おまけに箱を持つのも慣れている。

持ち帰って中味を確認すると確かに新品同様のレーザーディスクだ。五十枚ほどはあったろうか。翌日、近所の中古ショップに持っていって売り払うと、五万円ほどの現金に変わった。これは当時の僕らの生活状況から言えば大金だった。そのお金で僕は靴を買った。

相棒は欲しかったが高額で手に入れられなかった写真集を買っていた。

お金を持つとろくなことに使わない

唐突に結婚が決まる

一九九四年の半ば頃、相棒が駅の売店員を突然辞めてしまう。聞けば、職場での人間関係のトラブルがあったようだ。売店員は女性ばかりなのだが、地域によってはかなり荒っぽい人たちが集まっているところもある。たまたまそんなところに配属されてしまい、つらい思いをしていたようだ。

彼女は、意外に辞めたことにあっけらかんとしていた。

「大丈夫だよ。失業保険も出るし、また仕事探すし」

と彼女は言っていたが、世の中の不景気はいっそう進んでいるようで、仕事はちっとも見つからないのであった。

「漫画もなんとか、頑張りたい」

と、投稿も続けていたが、これもやはり採用されないのであった。もっともその頃の彼女は、いっそう「ガロ」誌に傾倒し、その前衛的なタッチのまま少女漫画誌に投稿しているので、名作かもしれないが商業的とは言えないセンスになってきているのだった。

でも自由にできる時間があるのが嬉しいらしく、何作も何作も作品を描いていた。

相棒の友人が突然訪ねてきて、家出して来たのだと言い、相棒のワンルームマンションを占拠してしまったり、いろいろな事件もあって面白かったが、相棒の失業保険の手当もやがて終了になってしまった。

「もう家賃も払えないし、一度のんびりしてくる」

と彼女は実家に戻ってしまった。僕はあいかわらず夜勤を続けていた。

八月十五日の朝、夜勤明けでアパートに戻ってきて寝ていた。ふつうだと夕方頃までずっと寝ているのだが、その日は特に暑く、おちおち寝てられもしない室温になってしまった。さらには正午にサイレンが鳴り響いてしまう。僕は起きて、なんとなく部屋を片付けていた。

すると、とつぜんドアがノックされた。

台所の窓を開いて（このアパートにはドアフォンなどというものはついていない）外の様子を見ると、相棒だった。

「ちょっと〜大変。うちの両親がついてきちゃったの」

「え、ええっ？　今なんというか、こんな格好だし……」

僕は下着だけで裸も同然の格好だった。

とりあえず、Ｔシャツと短パンだけでも身につけて……。

あたふたしているうちに、彼女の両親が来てしまったので、片付いていないんですけどと言い訳をしながら中に入ってもらった。彼女の母親のほうは、以前実家にお邪魔したときに会って以来だ。きちんとした格好をしている。しかし、彼女の父親のほうは僕と同じような様子なのだった。なんとなく車を運転しているうちに、僕に会って行くという話になってしまい、突然連れて来られたというふうだった。格好もふだんの仕事着の作業服だった。

「ど、どうも」

と僕が言うと、彼女の父親も、

「なんだかすいませんね。どうもどうも」

と、同じような調子だった。

「娘がね、お世話になってますって」

と彼女の母親が言った。

「いえ、こちらこそお世話になりっぱなしで」

と僕は、部屋の片付けが済んでいないところを気にしながら、汗をだらだらとかいていた。エアコンは取り付けられている部屋なのだが、室外機がうるさくて入れたことがないけど、入れたほうがいいのだろうか。

「……よろしくお願いします」

と彼女の母親は頭を下げた。僕もつられて、頭を下げた。

「こちらこそ、よろしくお願いします」

と口にしながら思っていた。このよろしく、っていうのは、娘をよろしくっていうことで、つまり、よろしく一緒にゲームで遊んだり、漫画を描いたり、スーパーで特売品を買ったりするということではなくって、だよなあ……。

僕の頭の中に「ケッコン」の文字が金縁で浮き上がっていた。

それはどうして、どうやってするものだかわからないが、とにかく、しなければならないもののことのようだ。

でも、こんなに不安定で、お金もなくて、胸も張れないような身分で、してしまっていいものなのだろうか。ケッコンって。

いいんですか？　僕のようなもので？

　と訊くこともできなかった。訊いたらすぐに「やっぱりダメ」になってしまうような気がしたからだ。

　相棒を見ると、困ったような、でも嬉しそうな顔で笑っていた。

「かあちゃん、確信犯だな。自分だけ化粧してる」

　と彼女は言った。

　おーほほほ、と彼女の母親は笑い、僕と彼女の父親は棒のようになったまま、

とりあえず笑顔は作っていた。
こうして、僕らの婚約が決まってしまったのだった。

第5章

家族ごっこのはじまりはじまり

教会、就職、結婚式と激動の日々

結婚をするにあたっては、結婚式というものをしなければならないと思った。

結婚後の生活は、おそらく今よりは楽になるだろう。財布が一つになるし、部屋も一つになるのだから、彼女が仕事に復帰すれば大丈夫だろう。新婚旅行や新生活を始めるにあたっての出費などはできないが、それはなくても大丈夫なものだ。

試しに、バイト先の同僚たちにも訊いてみた。

「ケッコンすることになりそうなんだけどさ、普通ってどんなもんだろう？」

郵便局で仕分けをしている夜勤アルバイトは、上は六十過ぎから下は二十歳前後まで幅広かったが、だいたい僕と同じくらいの三十前後の仲間たちとつるんでいた。このメンバーの半分は結婚していたが、半分は結婚を諦めていた。

「そりゃあさ、籍を入れて、両方の親戚に挨拶して回る、くらいかな。うちがやったのは」

同い年の奥さんがいるバンドマンのF君はそう言っていた。

「式というか披露宴を会費制でやったよ。新婚旅行はバイクの二人乗り」

と、学習塾経営がうまく行かなくて、バイトに転じてから元の教え子と結婚したM氏。

「恩人に全部プロデュースしてもらいました」

と言うのは元留学生のGさん。彼はふだんはちゃんとした会社員で、土曜日だけアルバイトに来ている。

なんだかみんな、かなり安易なようで参考にならない気がする。だからといってホテルの披露宴プランに申し込むような、お仕着せの結婚式などはしたくない。だいいち、そんなのはお金もかかる。

「そういうのはたいてい、奥さんになる人の希望が第一なんじゃないか？　女性のほうが結婚式に関してこだわりがあるわけだし」

と、付き合っていた彼女と別れてしまったらしいUさんが言う。アルバイトの身分で結婚してもらえるなんて羨《うらや》ましいと前置きして。

「それが、そんなにこだわりはないって言うんだ。でも、何かはしたいらしい」

「親掛かりでお金を出せる人や、ちゃんとした企業に勤める人はホテルで披露宴をするけどさ。俺たちみたいのだったら、お店借りてパーティーして、籍を入れるくらいでちゃんとやってることになるんじゃないかな？」

そうかもしれない。確かに、僕の妹の結婚式もそんなのだった。

「なにせ貯金もほとんどないしねぇ……。どうしたもんだかなあ」

僕はひとりごちた。結婚が決まってから、自動車免許の教習所にも通い始めていた。それまで車に乗る必要性を感じたこともなかったのだが、結婚相手の実家が自動車の整備工場だというのでは、自動車の運転もできたほうがいいだろうから。


相棒と相談していろいろ考えたのだが、やはり人生のけじめになるようなきちんとした式を挙げたいという考えだった。そりゃドレスというものも着てみたいらしい。

きちんとした式といえば、やはり何かの宗教に頼らなければならないだろう。お寺や神社でもいいのだが、ドレスを着るというのだったら少し場違いだ。ということで、主にキリスト教の教会を回って、結婚式について訊いてみることにした。建物の様子が面白いので、築地の本願寺にも行ってみたが、インド風の建物とはいえ、そこらを歩いているのがお坊さんなので、ドレスはやはり場違いに思われた。

キリスト教の教会では、プロテスタントのところを幾つか回ったのだが、費用がずいぶんと高く感じられた。それよりなにより、式を予約すると、その日程はだいたい一年後くらいになってしまうのだった。僕らの希望として、結婚はなるだけ早くしたい。

僕の夜勤明けのときに、都内のあちこちを歩き回って話を聞くのだが、だんだん疲れてきて、イライラしてケンカなどもしてしまう。相棒に至っては、実家の母親に電話をして、

「結婚はもうヤメだヤメだ。こんなに面倒くさいことしたくない」

と言っている有様である。

それでも、最後に奇跡が訪れた。

バザーにつられて四ツ谷のイグナチオ教会にふらっと寄ってみた。この教会はセツ・モードセミナーからも近く、授業をさぼって遊びに来ていたこともある。ただ、カトリックの教会は敷居が高いのではという勝手な思い込みで、候補から外していたのだ。ふと、ダメモトでいいので訊いてみようと、教会の受付で問い合わせたところ、

「ちょうど来週から始まる結婚講座で一組キャンセルが出たので、それを受講しませんか。半年その講座に通えば、来年の春の日程で式を挙げることができると思います」

と提案されてしまった。渡りに船とは、まさにこのことである。

そうして、加藤一二三さん・紀代さんご夫妻とジェリー・クスマノ神父様の主宰する講

座に通うことになったのだった。講座は金曜日だったので、僕は週のローテーションを調整して金曜日のバイトを休みにした。夜勤明けで受講しては、なんだか失礼なような気がしたからだ。

加藤一二三さんは、少年時代からプロで活躍されている将棋の棋士である。その方が、熱心なクリスチャンで、結婚講座の世話人をされていたのだ。そしてジェリー・クスマノ神父は上智大学でカウンセリングを教えている教授だったりもする。そんなわけで、僕らの通っている結婚講座は、もしかしたら他の講座よりもユニークで面白かったのかもしれない。

教会では同時に六つか七つ、同じような講座がスタートしていたはずだが、他の講座ではもう少し違うタイプの授業だったのではなかろうか。

ともかく、講座が非信者向けということもあって、結婚のための勉強といっても、それほどキリスト教臭くないのであった。カップルのそれぞれが個人として自分の考えで発言することを要求され、しょっちゅう「そのことについて一分間話してください」とタイマーがスタートするところはアメリカナイズされた感じだった。

心理ゲームみたいなこともよくやった。神父様が具体的なピンチ状況を設定して、そのことに対してどう対処するのか、カップルのそれぞれに発言させるのだ。僕らも含めて、カップルがそれぞれが異なる考えを持っていることが明らかになったりして、そういうのが実に愕然《がくぜん》とするのだった。

「子供が急に病気をしてお金がありません。夫のビジネス、妻のビジネス、親への仕送り、家賃や光熱費、食費、どういう順番で支払いをやめてやりくりしますか?」とか、

「自分の親とパートナーが喧嘩をしました。どちらも悪いところがあります。しかしあなたはどちらかの味方にならなくてはいけません。どうしますか?」とか、

「相手が浮気をしました。もう二度としませんと言っていますが信用できません。あなたはどうやって相手に怒りを伝えますか?」なんて凄いのもあったような。

結婚は祝福だが、離婚となると大罪だ、安易な気持ちでは臨まないようにと、それはそれは口を酸っぱくして神父様は強調されていた。

ともかく、この講座で週に一回みっちり絞られたので、結婚式を終えたときはどのカップルも実にすがすがしい顔をしていた。

僕らは加藤一二三さん夫妻にとても可愛がられた。もちろん、他の受講生たちも可愛がられていたと思うのだが、きっと僕たちがなんだか頼りなく思えたからだろう。他の受講生たちは、だいたい安定した身分を保っていたが、僕らに関しては、相棒が漫画家志望の無職で、僕も面接を受けたりしつつのアルバイトの身分ということで、いかにも不安定だった。もしかしたら格好もちょっとみすぼらしかったかもしれない。

教会のミサにも出席するようになった。イグナチオ教会はイエズス会系の修道士や神父が多いのだが、イエズス会の人たちは聖職者というよりは冗談のうまい先生たちという雰囲気で、しょっちゅう危なっかしい冗談を言って僕たちを大笑いさせるのだった。

ある金曜日、結婚講座に出席する前の時間に、僕と相棒は銀座を歩いていた。すると、偶然なのだが、知人に会った。僕は自分たちが結婚することを伝え、正社員としての職を探しているのだと言った。

すると、ちょうど知人の勤める会社に欠員があり、職安や求人誌に募集を出そうとしているところなのだと言う。石油商事会社の営業事務的な仕事とのことだった。

僕はその会社の面接を受けることにした。知人の口利きもあって、すんなりと入社が決まった。ただ、夜勤アルバイト先は年末年始の繁忙期を迎えていたので、すぐに抜けるわけにもいかない。入社は翌年の年明けと決まった。こうして僕は結婚する前に、転職も果たしてしまった。

正社員としての待遇は、やはりアルバイトと比べると倍近くの賃金が見込めた。そこで新居も探そうということになった。僕は夜勤アルバイトをしながら、自動車の教習所と結婚講座に通い、さらに新居探しにも明け暮れた。生活は多忙を極めたが、希望のもてる未来がそこにあると思えることで、足取りも軽かった。年が明ける前に自動車の免許も取ったが、その後車を運転する機会はほとんどなかった。免許取得後の二年間の間に三、四回運転をしてみたことはあるが、それっきりになってしまった。

教会で過ごすクリスマスは楽しかった。そして年が明けて一九九五年になった。僕は年末年始の郵便局の勤めを終了し、少し遅い正月休暇ということで相棒の実家に泊まりに行っていた。そのとき阪神淡路大震災が起きた。相棒の実家は埼玉県だし、僕にも相棒にも関西在住の親戚はいなかったが、とても不安な気持ちにさせられた。一月から石油商事会社に勤め始め、三月には千葉県に見つけた新居に引越しをした。ちょうど日曜日と祝日で飛び石の連休になっていたので、間の一日を休みにして引越し休暇にあてることにした。このときに地下鉄サリン事件が起きた。転居届けを出しに行った市役所のロビーで、僕らはこの事件のことを知った。引越し後に通勤に使おうと思っていた路線でも被害があったので、これも不安な気持ちにさせられたことを思い出す。

結婚式を挙げる日に選んだのは四月一日だった。エイプリル・フールということは特に頭になく、なんとなく出発の日にふさわしいと思えたからだ。土曜日で仏滅だったが、気にしなかった。ただ、新しく勤めた職場は土曜日も営業日だったので、職場の人たちが来なかったことが心残りだった。以前のバイト先の仲間たちは思い思いの格好で参加してくれた。

「なんだか出世スゴロクのようだな。君は希望の星だ！」

と夜勤明けでそのまま駆けつけてくれたUさんに冷やかされたりもした。

結婚式のリハーサルのときまで、神父様は「離婚という大罪を決して犯さないでくださいね。確実に防ぐ方法はあります。今ならまだ間に合いま〜す」

と、冗談を言っていた。

「あなたたちの場合は特別で〜す。エイプリル・フールにしてしまえばいいですね。よく考えましたね」

とも言っていた。困ったもんである。

式はとどこおりなく進んだ。教会の聖堂に入る前にはつぼみのままだった桜が、式を終

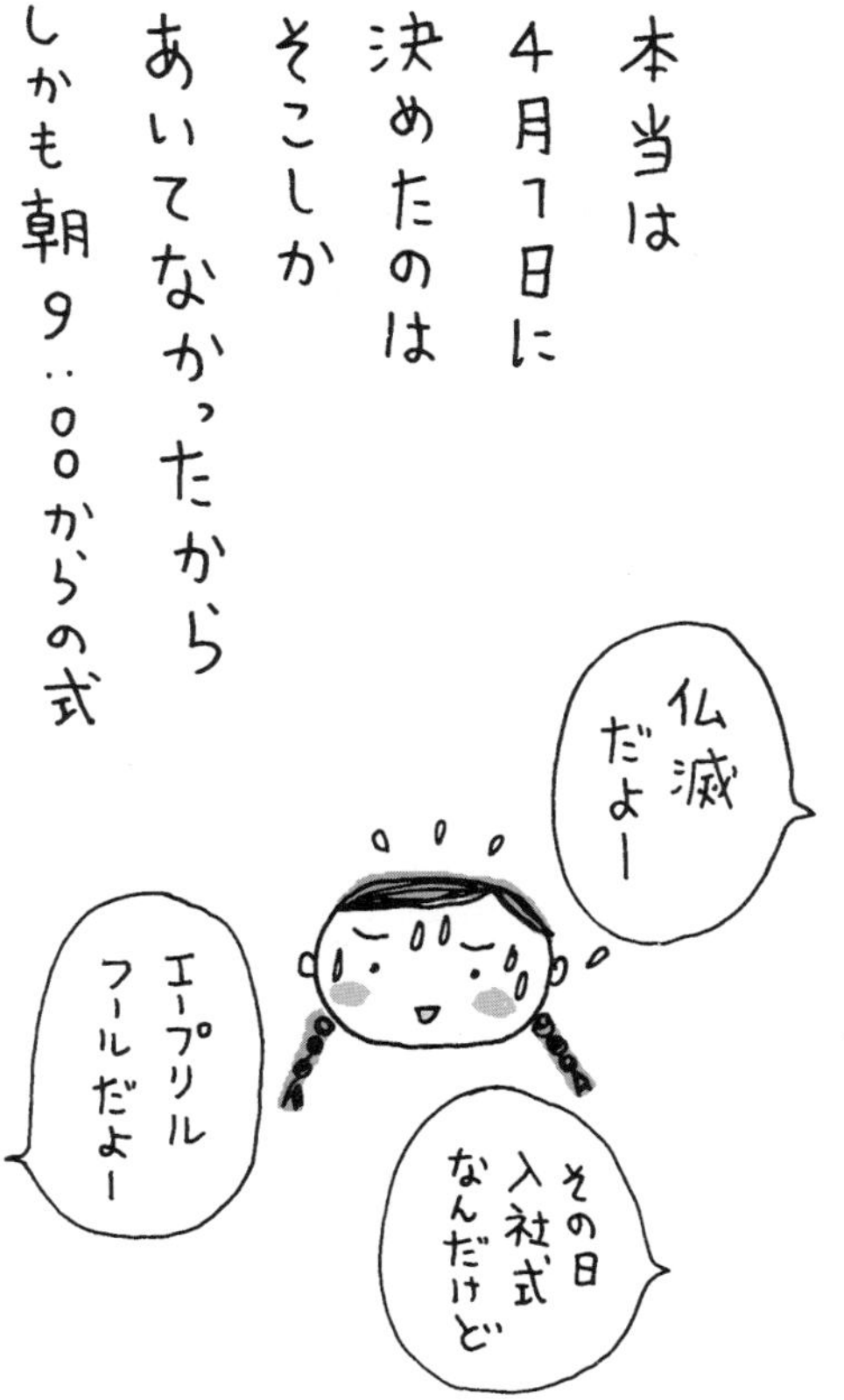

本当は
4月1日に
決めたのは
そこしか
あいてなかったから
しかも朝9:00からの式
仏滅だよー
その日入社式なんだけど
エープリルフールだよー

えて出てきたときにはちらほらと咲き始めていた。僕らは世界中に祝福されている気がした。

「順境のときも、逆境のときも、病気のときも、健康のときも……」

僕らは特にその言葉の重みを考えることもなく、神様に誓って夫婦になったのだった。

我が家の「へっこき嫁さ」

僕らは結婚した。結婚することで夫婦という単位になり、さまざまなことで便宜が図られるようになった。相棒は働いていなかったが、僕が正社員になったので、年金や保険のお金を払わなくても払っているとみなされるようになった。相棒は名乗る姓を変え、主婦という肩書きを使うことになった。

なんだか、まるで「ふつうの新婚家庭」みたいだった。周囲も僕たちをそういうふうに見ていたと思う。

「幸せ肥りしちゃうよな」

とか

「アツアツの新婚だね」

と会社で冷やかされもした。

「最初の仕込みが肝心だからな。財布を握れ。ガツンと言っとかないとならんぞ」

というアドヴァイスは、僕には何のことやらさっぱりわからなかった。

二ＤＫの新居に住み、週末は教会に通い続けていた。教会や職場でも、早く子供を作りなさいと言われ、そんなものかな、と僕は思った。僕らは幸せな普通の家族のようになるのかな、なれるのかな、と期待もした。

しかし、結婚生活を始めて三ヶ月もすると、相棒が徐々に家事を放棄し始めた。

「食器、洗うの明日の朝でいいかな〜」

と夕食後に言い出すのだ。当初は僕の弁当も作ってくれていたのだが、だんだん夕食のときのオカズを取り分けるだけになってきた。ご飯はタイマー付き炊飯器が炊いてくれるから、僕が朝、弁当箱にそれぞれを詰めていけばいい。時間があると、夕食後にそのままになっている食器も洗っていくようになった。

洗濯も掃除も手抜きが目立つようになってきた。僕が週末に手伝って片付けてしまう。それでも、いつでも狭い室内は空き箱や紙くずでいっぱいだ。

なんとなく虚《うつ》ろな目をして、溜息をついているようでもある。

新居は一階だったが、陽の当たらない部屋だった。窓はいっぱいあるのだが周囲を囲まれていて、外に出てみないとその日の天気がわからないのであった。そんな部屋に相棒は閉じこもり続けた。少し元気が出てくると、テレビゲームに夢中になったり、漫画本を積み上げて熟読しているようでもあった。

僕のほうも、サラリーマンの生活がそれほど自分に合っていると思えなかった。石油の

暗いへや

商事会社に勤めていたのだが、慣習に縛られた業界で、仕入先の元売業者と顧客の双方に頭を下げるのが仕事だった。ストレスが溜まってしまって、帰ってくると夜も寝ないでテレビゲームをしてみたりもした。相棒も僕も、なんだか新しい役割になじめていないのだ。もっとも、家に帰ってくれば息の抜ける僕と違って、相棒は気分転換がうまくできないでいるようだった。

「また漫画を描いてみるよ」

と相棒が言ったとき、正直言ってホッとしていた。パソコンを買い込んでパソコン通信にのめり込み、その課金もけっこうな額になってきていたときだったのだ。

「そうだよ。君の漫画は面白い。投稿しないでしまってあるものも投稿してみるといい」

と僕は提案した。

よく考えると、そもそも僕は相棒の漫画を応援したくて一緒にいるようになったのだ。だから彼女の漫画が世の中に出るようになることが一番いいのだと思った。

相棒は再び漫画を描くようになり、毎月投稿を続け、ときどき賞金を稼ぐようになった。毎月の投稿の成績で浮き沈みし、結果が悪いと何日も寝込んでしまうときもあった。相棒が漫画に打ち込み始めたため、家事はほぼ分業になった。それでも、僕は休日が少なかったので家事分業率は低かったと思う。相棒が六割、僕が三割をこなし、一割くらいは常に不足分となっていた。不足分というのは乱雑な部屋や出し忘れたゴミ、食べられる物が入っていない冷蔵庫や、溜まった洗濯物などである。来訪者があるときなどに集中して片付けられる負債のようなものだ。

「君は、へっこき嫁さのようだなぁ」

と僕は言っていた。「へっこき嫁さ」とは千葉県の民話だ。千葉の小学校に通っていたとき、地元の民話集という本で読んだ。日本の各地にも同様の伝承があると思う。……ある男が結婚したのだが、その嫁がオナラをぶーぶーとすること以外になにもできなかったという話である。こんな話が言い伝えられて現代まで残ってしまうということは、何かいろいろ、民衆の心を摑んでいる真実があるのだろうか。

「あまりにその通りで言いわけもできない」

と相棒は頭をかいていた。

実際、テレビを見ながらごろごろしている相棒に、何かを頼もうと思って声をかけると、「いや～」と拒否して、ごろごろと回転しながら逃げて、オナラを一発するときがあった。なんだよそれ、と思ったが、気が抜けて腹の立てようもない。

しかし、毎月コツコツとストーリー漫画を描き、投稿を十二ヶ月も続けた相棒にやがて漫画雑誌の編集部から電話がかかってくる。そのときに言われたことは、

「いいかげん投稿ばかりしていないで、編集部に来てみませんか」

というものだった。人に会うことが苦手で逃げてばかりいた相棒も、さすがにこのときは、即座に対応している。担当編集者が付き、毎月の投稿が月二回のネーム（鉛筆だけで描いたラフな漫画の下書き）提出に変わった。デビューまではそれから半年かかった。ついにここに来て、細川貂々は雑誌にデビュー作が載り、新人の漫画家ということになったのである。

ところで、千葉の民話「へっこき嫁さ」には続きがある。亭主の母親が、嫁のあまりの怠けぶりに腹を立てて叩き出そうとする。嫁は実家に戻ることになり、荷物をまとめているのだが、ちょうど収穫の時期で脱穀作業をしなければならないのに、風が吹かずに風車が回らない。そこで嫁さが「ちょっと失礼」と言って、風車のとこに行き、ぶーぶーとオナラをすると、風車がぱたぱたと回って脱穀作業がみな済んでしまう。亭主の母親は「おまえは働き者だ、三国一の花嫁だ。実家には帰さないぞ」と嫁さを抱きしめるというオチ

になっているそうだ。

この民話の教訓はなんだろう？

「人間には得意不得意があり、適材適所がある。才能を活かせば、不出来な嫁が三国一の嫁になる」

ということだろうか。本当か？

プレッシャーに弱く、チャンスはピンチに

僕の相棒、漫画家の細川貂々は一九九六年の一二月に集英社の「ぶ～けDX」という雑誌でデビューしている。デビュー作は「ソラのサカナ」という一六ページのショートストーリー漫画だ。ネームの段階ではこの漫画は「海の水母《くらげ》」という題名で、ラストでは海面をクラゲが埋め尽くしている風景を主人公の少女とボーイフレンドが眺めるというコマがあったのだが、このラストシーンが、空の流れ星を魚に喩《たと》えて見る場面に替えられた。ちょっとキレイな内容に添削されてしまったわけだ。

デビューしたときは、同じような新人漫画家が六人、「新人特集」として取り上げられていた。

皆が同じようにチャンスを摑んでスタートしたわけなのである。六人が六人とも晴れがましい気持ちでのデビューだったに違いない。

ただ、相棒はすぐに担当編集者に言われたそうだ。

「あなたの漫画のアンケートは最低でした。この方向の漫画でやっていくことは無理です。ちょっと方針を考えないと」

いきなりのピンチである。たぶん、六人中で最下位だったのだ。しかしここでは、担当の粘り強い説得もあって、うまく方向を変えて再掲載に漕ぎ着けている。

相棒のデビュー前の作品を何作も見ている担当編集者の意見は、常に出だしの数コマは面白いのだが、物語が展開するにつれて、だんだん中だるみをするようになってしまうということだった。だとすれば、出だしの面白さのまま突っ切ってしまう「短編」ならいいのではないかということで、四ページくらいの漫画を描くことを勧められた。

彼女は何を考えたか、「中国から来たトカゲ男、しかも関西弁」が主人公の漫画を描き始めた。これが今も彼女のホームページのタイトルにもなっている「とかげのしっぽ」という漫画である。このとき我が家に巨大なトカゲがいたわけでもないのだが、何か予言的な作品である。トカゲ男の「ハリー・健」は家事が得意で、主人公の女の子に食事を作って食べさせたりもする。

「とかげのしっぽ」は、少女漫画雑誌「ぶ〜け」の増刊号の「ぶ〜けDX」に連続掲載された。季刊なので年四回、毎回四ページずつなので、それだけだと年に一六ページである。他の増刊号などにまとめて掲載されたこともあるので、実際はもう少し描いていたのだが、プロの漫画家というにはちょっと寂しいスタートなのだった。

相棒はそのたった四ページの作品を描くために、何本も何本も試作を描き、ようやく自分で気に入ったものをまとめ、最終的には三〜五本ほどを提出して、掲載されるのは一本。報酬としての原稿料は三万円ほどだ。毎日毎日漫画を描いていて、他には何もしていないように見えるのだが、三ヶ月で三万円の収入ということに彼女は愕然としたらしく、だんだん家事もおろそかになり、朝も起きてこないことが多くなってきた。

短編漫画を描く漫画家になった彼女の場合、他にも仕事を開拓していかないと、いっこうに漫画家らしくなれないのである。彼女はそのことに気づいていたのだが、営業活動が嫌いな性格なので、「アンケート上位を獲得してページ増」という可能性にばかり賭けていた。毎回その期待が裏切られることでだんだんモチベーションが低下してしまっていたのである。

この頃の彼女は、またしても「ガロ」系の漫画に凝り、尊敬するつげ義春先生の日記を

ワシの作った朝メシ
とっくにできとるでー
トカゲが家事やってくれたらうれしいなと思って生まれたキャラ
トカゲ男のハリー・健

熟読し、彼の行動の真似もしていた。

「私はうつ病だ、うつ病になってしまったのだ」と彼女は言っていた。ネームのアイデア帳にも「重々しい不安が窓から入ってきて、息が苦しくなり、寝てばかりいるのだ」などと描いている。つげ義春先生の「パニック障害」に影響されていたようだ。のちのちに本当のうつ病になってしまった僕から言わせてもらうと、ちょっと違うようだが、気持ちはわからなくもない。その頃の僕は勤め先での仕事に振り回され、彼女の停滞と煩悶《はんもん》には気づいていたが、あまり温かい言葉をかけることもできなかった。

季刊の「ぶ〜けDX」では引き続き短編漫画を描いていたが、やはりアンケートの得票を得ることはできず、ページ増につながるような活躍はできなかった。それでも増刊号などに少し長い漫画（一六ページ）を載せるチャンスを得ることはできた。しかしこのときは、ネームや下書き段階であまりに多くの労力を注ぎ込んでしまい、清書する段階ではもう疲れてしまって線がヘロヘロになってしまっていた。どうもチャンスを与えられると、勝手にピンチにしてしまう性向が付きまとっていたようだ。

好きな仕事をすることはむずかしい

漫画家になることが夢で、それを実現した相棒は、次は「ちゃんとした漫画家になる」という夢をかかげていた。何が「ちゃんとしている」という定義だったのかは、今となってはさだかではないけれど、「描いた漫画が（できればほとんど）印刷される」「単行本が出版がされる」「勤めている時代と同じような収入が得られる」といったことを考えていたのではないか。

実際には描いた漫画の一割くらいしか印刷されていなかったし、単行本の出版は決してあり得なかった。年収は二〇万円以下で、画材と参考書を買ったら赤字になっていたと思う。

それでも僕と結婚していることで「専業主婦」とみなされていたので、気持ちは複雑だったようだ。プロの漫画家として胸を張りたいが「主婦の腰かけ的サイドワーク」のように思われてしまうし、実際にもその程度しか成果を上げていない。彼女はときどき、結婚していることを隠したりすることもあった。芸術家はやっぱり独身であることが格好良いと思ったようだ。今の隠し事が嫌いな彼女からは想像できないけど。

けれども、漫画を描いていることが好きで、好きなことでなければ自分の仕事ではないという信念を確立しつつあるようには見えた。この頃、僕が石油商事会社での仕事に行き詰まり、彼女に進退を相談したことがある。そのとき彼女は、

「人生の時間をずっと捧げるんだよ、好きな仕事でなかったら続けていても意味はない」

と即答した。

「……じゃあ僕、転職しようかな。好きなことはコンピュータだし。今の会社は初めから給料と安定した身分だけが目的だったから、だんだん合ってないのがわかってきちゃったんだよな」

と甘いことを言ったときも、

「好きな仕事をするのが一番だよ。早く辞めな」

と焚《た》きつけた。

僕は実際には辞めたいと騒ぎ出してから、一年近くは粘ってみたのだが。結局のところ、その会社を辞めることになった。その一年の間、やはり相棒の言った「人生の時間をずっ

と捧げる」という意味について考えさせられていたことは確かだ。

相棒と結婚して一緒に暮らすようになって、僕自身は自分の内側に「家族ごっこをしたがる古い価値観」のようなものを見出すことになったが、彼女にはそんなものはあまりないようだった。彼女は勝手気ままにふるまったが、僕にも余計な期待や役割を押し付けることはなかった。

私が一番ニガテなのは
できないことを
やらされること
だ
家事なんかできないよー

相棒は、結婚前と結婚した後で、特に変わるところがなかったのである。

そういう意味では、相棒はずっと「仕事第一」の人生だったのだと思う。

僕は、仕事に対しての考え

が甘く、安易に「お金を稼ぐだけの仕事」に飛びつき、自分の適性不足に悩まされたり、自分を含めた職場の社会的な目線の低さのようなもの……しばしば僕は「汚れ役」のようなものを押し付けられ、胃がキリキリと痛んだ……に苦しめられたりもしていた。僕は自分が何をやりたかったのか、相棒ほどにはわかっていなかったのである。

結婚したからには、僕は「仕事で頑張らなければいけない」と勝手に空回りしていたのだが、そのぶん相棒に「家庭のことをもっときちんとして欲しい」と理想を押し付けようともしていた。実際には、相棒には「できないことは、できない」と拒否されていた。

なので僕も、かなり身軽に転職を考え、一家の働き手としての立場はまっとうできていなかったように思う。そして、その都度、何度か家計は本当のピンチになってしまった。

相棒はもちろん、さんざん愚痴は言ったのだが、僕よりも早く対策としてパートに出てくれたりもした。今思えば、彼女の天職であるところの漫画に関して、きちんとした営業活動を始めてくれたほうがよかったのかもしれないが、彼女にとっては見知らぬ出版社に電話をかけるよりは、パン屋の店頭で販売員をすることのほうが楽だったらしい。

つまり、このときはピンチをチャンスにできないでいる。ピンチはピンチのまま受け流すことを選んだのだ。

二人でピンチを乗り切る

僕が転職に失敗して、勝手に作ってしまったピンチのときでも、相棒は結婚生活に不満を言うことはなかった。もちろん、家計も逼迫《ひっぱく》しているので、家の中の雰囲気は暗い。

一九九八年の歳末に、僕が勤めを辞めて始めていたフリーランスの仕事に行き詰まり、再就職もままならないということで、まず相棒がパン屋で働き始め、次に僕が宅配便の仕分け基地で夜勤を始めた。

僕が朝帰ってくると、入れ替わるようにして早朝勤務の相棒が出ていく。

「自転車、一台しかないけど、交互に乗ればいいよね」

「一番働き者なのは自転車だよなあ」

僕らは軽口を叩きながら、楽観的だった。仕事がうまく行かないのは不景気のせいだし、それは一時のことだと思っていたからだ。それでも、毎日相当に頑張って働いているのに、賃金が安く、お金を貯められるわけでもない。夜勤明けの僕は寝ないで仕事を探していたが、それもちっとも見つからない。周囲にいるのも同じような境遇の人ばかりになってくる。話題は、暮らしのつらさと、細かい節約の方法と、時給アップを望む泣き言や体調の不具合についてばかりを聞くようになってくる。

相棒の周囲でも似たような感じだったらしい。

「なんだか、毎日忙しさに振り回されていると、それが当たり前みたいになっちゃうし。でも、こんなのって絶対おかしいような気もするし……」

相棒も答えを見つけ出せないでいた。

彼女は、もっと漫画を頑張るべきなんじゃないかと僕は思っていたが、少し前にあった「ガロ廃刊騒動」に巻き込まれたときの心の傷が癒《い》えていないんだなとも思った。彼女が漫画に戻るには、まだ少し時間がかかりそうだった。

「ガロ廃刊騒動」というのは、相棒の憧れでもあった「ガロ」という雑誌の編集者が全員で逃げ出してしまった事件のことだ。発行元はすぐに代理の編集者を雇い、雑誌の出版を継続させようとした。そのときに、なんと熱心な読者だった相棒に声がかかり、彼女は二度この雑誌に漫画を掲載するチャンスに恵まれた。元々の編集者が連れて逃げてしまった作家の代理というわけだ。

しかし、もちろん、相棒にとっては、渡りに船だ。「ガロ」は憧れの雑誌だったのだから。このときの彼女の緊張ぶりは凄かった。何度も下書きを描き、集中してペン入れをしていた。掲載依頼は三回来ていたのだが、うち一回は逃してしまうことになった。結局、直後に「ガロ」は廃刊になってしまった。このときの原稿料は支払われていないが、もともとそういう雑誌ではあるらしい。

このとき、僕は彼女が十分実力を発揮できたと思ったし、自信を持ってもいい頃だと思った。しかし雑誌がなくなってしまったことと、作品に対するフィードバックがあまり得られなかったこと。そして、なんといっても生活が苦しいときに、漫画で収入が得られなかったことで、相棒はやはり失意を引きずってしまったようだ。

そんなこんなで、相棒はパン屋勤めで気分転換を図っていたのかもしれない。

職場にいるときに覗きにいったことがあるが、けっこう楽しそうに働いていた。漫画を描くことを天職と思っているし、他の仕事をやっていることは苦痛らしいのだが、彼女の場合は自分が行き詰ったときに、販売業に逃げる癖があるのだろう。

相棒の職場は、郊外の小さなスーパーの中に設置されたベーカリーだった。本社は東京の下町にあり、ここからパンの生地を送ってくる。それをアルバイトのパン焼き職人が小さな窯《かま》で焼く。揚げ油でドーナツ生地も揚げたりする。

相棒は主に販売をやったが、揚げ物も手伝ったりしていたようだ。パン焼き職人も同世代の女性だったし、他のメンバーとも気が合っているようだった。

カレーパンやドーナツはあげるのに失敗するともらえた
じゅー
わくわく
今日は何個失敗するかな？

相棒は午前中の店番だったのだが、売れ残りや失敗作のパンをよく貰ってきていた。その頃は僕も、再び荷物仕分けの夜勤アルバイトに出ていたので、カロリーの高い菓子パンやドーナツをいくら食べても肥ることはなかった。食費がずいぶん助かったように記憶している。

僕のほうは、相変わらず夜勤務めを続けながら、昼間は仕事探しをしていた。登録派遣会社や、プロレス雑誌の編集部、自宅近くのペットボトル工場などにも職を求めて足を運んだが、どうも条件の折り合いがつかなくて、仕事探しは難航していた。音楽データ作成や、ホームページ制作の仕事もフリーランスで受けていたが、こちらはあまりパッとしなかった。納品後に値段を下げられたり、支払いを延ばされてしまうこともしばしばだった。

夜勤の荷物仕分け作業では、体を動かし続けていたので、いつもクタクタだった。数年前の郵便局のときとは違い、職場の環境も悪く、仕事量は多く、そして賃金は低いのだった。吹きっさらしの外気と変わらない港湾の倉庫で、フラフラになりながら仕分け作業をした。賃金が低いのに、優秀な人が多いのは、世の中に過酷なリストラの嵐が吹き荒れているからだろう。働き続けたくても二ヶ月すると一ヶ月は待機だと言われていた。

一度こんなことがあった。当時の総理大臣宛の生花が、僕らが仕事をしている仕分け基地を通過した。「内閣総理大臣何某様」と達筆で書かれた伝票はとても目立っていた。誰かがその箱を、ベルトコンベアーから拾い上げて、通路におかれた机の上に載せた。

僕らアルバイトは、手近にあった紙屑を丸め、その箱にぶつけた。

社員はその仕打ちに、見て見ぬふりをした。

大切な荷物だから、損なうわけにはいかない。だからせいぜい紙屑をぶつけるくらいのことしかできない。朝になればきちんと配送センター行きの車に載せる。しかし、僕ら一人一人は怒っていた。自分自身に怒り、世の中に怒り、政治にも怒っていたが、自分も世の中も政治も状況を良くすることができない絶望に対して、本当に怒っていたのだと思う。

だから、それは八つ当たりだ。首相への高価な贈り物に。

イグアナの息子

相棒に束の間の気分転換を与えてくれたパン屋だが、ここが半年もしないうちに潰れてしまった。アルバイトの職員は即解雇。雇用保険や社会保険にも入っていなかったので、すぐに仕事と収入がなくなってしまったのだった。このときは僕も、自分のフリーランス仕事であてにしていた収入が思ったように入って来なくてクサクサしていた。

そして、相棒と気分転換を兼ねて散歩に出かけ、隣町のスーパーに併設されたペットショップで、小さなグリーンイグアナと出会ってしまう。

「ねえ、あの子、今こっちを見ているよね？」

「うん？　あっ、ペロペロ舌を出している」

そのときは知らなかったが、イグアナは緊張すると周囲を舐めるのだ。

彼が僕らを見て、何かを感じ取ったのは確かだったろう。そのときの僕らは、イグアナの習性など何も知らなかったが、舌を出す様子はとても可愛らしく感じられた。

僕らは深い考えもなしに、この小さなトカゲを買い求め、家に連れ帰って鳥カゴで飼い始めた。

このグリーンイグアナが、のちの巨大イグアナ「イグ」である。うちに来たときは全長二〇センチほどだったが、夏の終わりには一回り成長し、温室での飼育に移行し、その温室にも収まらなくなって放し飼いになる。今では一メートル六〇センチほどの巨漢だ。

このトカゲが、いわば僕たち夫婦の子供という立場を務めてくれた。僕はイグにきちんとした飼育環境を与えるために、職探しに切実になったし、相棒も真剣に自らの本分を問うようになった。

僕らはイグを囲んでいろいろな話をし、イグの寝顔を見ながら優しい気持ちになったりもした。しかし、南国の色鮮やかな爬虫類である。

なぜに、こんなものが、息子なのだ?

ふと我に返ると、奇妙な光景だとは思う。でもその光景は、決して違和感があるものではない。どこかで見たことがあると思ったら、それは彼女が以前に描いていた漫画の中の光景のようだった。「とかげのしっぽ」のトカゲ男の「ハリー・健」や、「バスタブ・エクスプレス」という漫画の中の大きなトカゲを飼っている大家さんのエピソード。あるいは

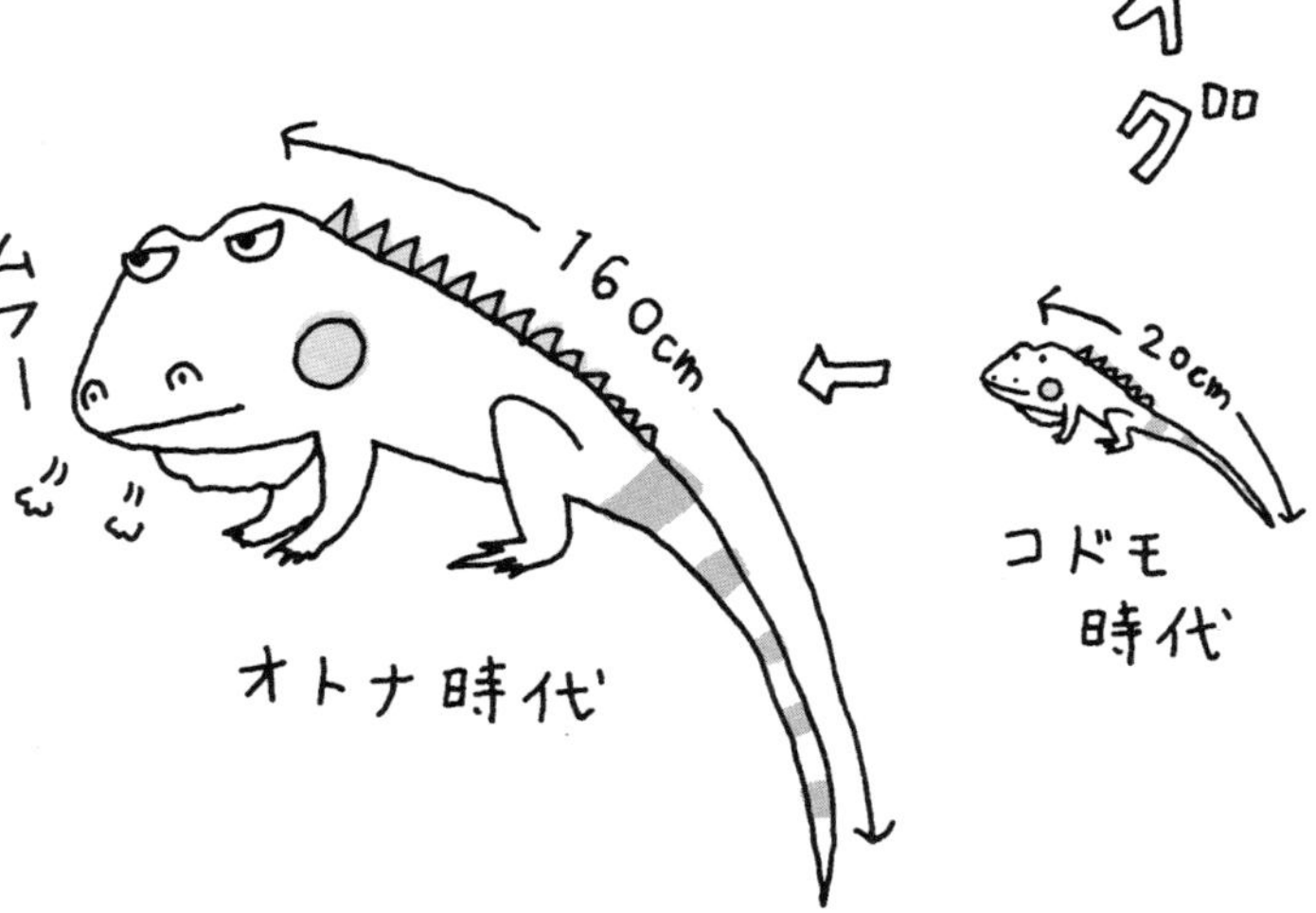

「ワニな仕事」というギャグ漫画の主人公の「お姫さま漫画家」がペットのワニ「ベンジャミン」をいつも連れているところ。

「なんだ、そうか」

と僕は思った。相棒は自分の欲しかった世界を、少しずつ現実にしてきているのだ。

この後、僕は就職を決めて家計を安定させるし、相棒も手作り作品を作ったり、漫画の持ち込みを頑張るようになった。そして、イグを囲んで、どことなく懐かしい家族の姿が出現したのだ。

グリーンイグアナの飼育は簡単なもの

ではなかった。トカゲにはトカゲなりの価値観や、独特な感情がある。嬉しい感情と怒りの感情がごっちゃになったり、秩序のマイルールが侵されると激しいパニックを起こしたりする。好きな相手には激しく噛みつきたがったりもする。それでも真剣に日光浴をしていたり、口を開いてだらっと寝ていたりする様子を見ていると、だんだんとイグアナの気持ちがわかってきてしまうのだった。

実際の飼育のノウハウについては、インターネットでの情報集めが不可欠だった。珍しいペットではあるが、きちんと飼育して健康を維持しながら大きく育てている仲間が情報を発信してくれているのだ。書籍の情報も活用したが、イグアナ飼育に関してはどうも間違いも多く頼りにならないのだった。

そして、最大の困難は、イグに発情期が来たときだった。ふだんは草食動物として温和で怠惰なところの多い動物だったのに、発情期のときだけはガラッと性向が変わってしまう。執拗で攻撃的で自己破壊的なのだ。檻《おり》に閉じ込めれば、体から血を流しながら檻に体当たりを繰り返し、傷だらけの真っ赤な目でこちらをにらみつけている。

僕らは、突然に家庭内暴力をふるい始めた息子を見ているような気持ちで、イグの荒れようを見守った。檻に閉じ込めると、そのままでは死んでしまうかもしれないと思えたので、イグを檻から出した。しかしそのままでは僕らが襲われてしまう。なので、檻を分解し、大きな金網をそれぞれが持って歩いた。友人がその様子をみて、「ここの家は人間が檻に入って暮らしている」と笑っていたが、なかなか滑稽ではあるが必死だったのだ。

何度か発情期のイグに咬《か》まれ、相棒も僕も小さくはない怪我をした。それでも、イグのことは可愛いと思った。疲れて寝ている様子を見ると、うんと小さかった頃と同じ顔をしているのだ。

相棒はイグに咬まれた傷の痕が一生残ってしまうと医師に聞かされたのだが、そのとき「イグは私たちよりも先に死んでしまうけど、イグが残した傷が一生残るっていうのは嬉しい」とさえ言っていた。

棲んでいる環境が大きく異なる動物を連れてきてペットにしていることについて、批判を受けたこともある。それは人間のエゴなのではないか、と。イグにとっては暮らしにくい環境でずっと生活してもらっている。それは可哀想なことなのかもしれないと思う。でも僕らは、イグから爬虫類なりの信頼や愛のようなものをもらい、イグ的な物の見方や価値感をいっぱい教わってしまった。イグなしでは、僕たちは立ち行かなかったと思う。

そして、相棒の才能の開花にも、イグは大きく関わっていると思う。相棒は「人生に大切なことはみんなイグアナに教わった」とまで言っている。

僕はＩＴ戦士に！

イグがやってきた当初の話に戻ろう。小さなグリーンイグアナをきちんと育ててやりたいという一念で、僕はさらに切実に職探しをしていた。相棒も再び働き始めた。なにせ南国出身なので、夏の間はいいが、秋が来れば温室が必要になる。冬ともなれば暖房代も半端ではなさそうだ。早めに手を打っておく必要があった。

そして、いずれはとても大きくなってしまうらしい。

「イグのために」を合言葉にし、僕らは生活に懸命になった。僕の場合は、何としても収入だ。相棒の探してくるパートタイムの仕事の収入では、いかんともしがたい。

僕は知人のつてで、ハードウェアメーカーに潜り込み、そこでアルバイトとして働き始めた。当初は請け負いの募集だったが、強引に押しかけ、仕事を奪うようにしてアピールしたのだ。その年の暮れには、西暦二〇〇〇年問題対応の忙しさもあって正社員になることができた。

相棒は近所のスーパーでレジ打ちの仕事をしていたが、これはパン屋のときと違って、追い立てられるような仕事で、どうも相棒には向いていなさそうだった。僕が正社員になれそうな見込みがついたときに、彼女はレジ打ちを辞めてしまった。

それでも、安い賃金で働くパートタイマーを確保しておきたいらしく、自宅には何度も辞めたスーパーから電話がかかってきて閉口した。また、僕が一番仕事が欲しいときに何も斡旋《あっせん》してくれなかった派遣会社からもたびたび電話がかかってきた。世の中の景気は少しずつ上向いているのかもしれないと思った。

世の中の景気は少しずつだったが、僕の潜り込んだＩＴ企業はかなり景気が良かった。のちのちＩＴバブルと呼ばれるような活況を呈していたのだ。新製品が次々と開発され、性能が上がり、価格は少しずつ安くなっていくのである。そして、それが飛ぶように売れた。宣伝広告や販促にもたくさん費用を使うのだが、それがまた効果を出していた。

「これぞ勝ち組のビジネスだよ。給料が出たらデジカメ、買っちゃおうかな～」

「すごいじゃない。デジカメもいいけどさ、炊飯器も買いなよ」

僕らの家計も、少しバブルになった。家電製品を買い、イグの温室も買い、暖房器具もいっぱい買った。さらには、保温性の良い部屋を探して引越しもした。

勤め仕事で多忙になってきたので、相棒がまた家事を担当してくれるようになった。

それでも、以前の経験があるので、僕はなるべく彼女に負担を押し付けっぱなしにならないようにした。会社近くのスーパーで買い物をし、自分の弁当作りや週末の家事は率先してやるようにした。

相棒はまた漫画を描き始め、イグアナのいる日常風景を描いたエッセイ漫画の連載を雑誌に載せるようになった。すべてが順調に回っているように思えた。

しかし、嘆息するほどに変化の早いIT業界に就職した僕は、その変化が自分がつい

イグがうちに
来たことが
人生の転機
だった
↑
最初は
トリカゴで
飼っていた

ていけないほどに早いものだということを、やがて知ることになる。

この変化は、およそ人間の生理的な感覚を超えていた。そもそも、景気が良く勝ち組のビジネスと思われていた状況が、あっという間に、ＩＴバブル崩壊から、ＩＴ不況と呼ばれるようになってしまったのである。僕の入った集団は、攻める局面ではとても強かったのだが、守りに入った局面ではとても脆《もろ》かった。

海外の本社の判断は迅速で、日本法人の営業要員をすべてクビにして、さらに仕事ができる人間だけを残して建て直しをはかるという命令を出してきた。この中では、僕も、守りの局面で力を発揮できるマルチプレイヤーという評価を与えられ、残されることになった。社員二人が派遣社員一人と置き換えられ、さらにその派遣社員の仕事をマニュアル化して、外部にアウトソーシングしてしまう。とても合理的だったが、僕ら社員は機械の部品のように扱われているようにも思えた。

「友だちの骨董屋さんが店じまいをするんで、処分価格で買ってきたよ」

と相棒が突然、年代物の手回し蓄音機を購入した。一九三二年製造でオリンパスというロゴが入っていた。オリンパスは今では光学機器メーカーだが、戦前は蓄音機も作っていたのだ。

「蓄音機かぁ～。博物館とかで見たことがあるけど、自分で触るのは初めてだよ」

と、僕は興味津々で蓋を開け、操作をしてみた。ぜんまい仕掛けで回るターンテーブルと、針でスクラッチした音をそのまま響かせるだけのピックアップ。とても単純な仕組みだった。相棒はＳＰレコードも何枚かもらってきていた。そのうち一枚をターンテーブルに載せてみる。ＬＰレコードとは比べものにならないくらい速いスピードでぐるぐると回る。レコードに針を載せてみると、もの凄い音で鳴った。

「ひゃあ、凄い音だ」

大音量だ。電気的な回路を使っていないとは信じられないくらいの大きな音だ。もちろん音量を小さくする方法はない。

「周囲から苦情が来ないかなあ。こんなに大きな音で」

「でも、とても良い音だ。楽器が鳴っているのと同じようだ！」

僕は少し興奮してしまった。童謡や小唄、歌謡曲のレコードに混じって、トスカニーニ指揮のベートーヴェンの交響曲のＳＰ盤があった。これをかけてみると、自分が持っている最新録音のＣＤよりも、どこかずっと良い音のように感じられた。

科学技術の進歩って何だったのだろう？

「君も、仕事仕事で毎日忙しそうにしているけどさ。何か、息抜きがあるといいと思うよ」

と相棒は言った。

そうか、僕はここのところ忙しくて、大好きな音楽を聴いている暇もなかったなと考えていた。家に帰ってきて、ステレオ・セットの前に座ってCDをかけるのだが、曲が始まって一分もすると、もう寝ているような有様なのだ。

それに、なんだか体調も芳《かんば》しくなかった。健康診断のたびに、内臓機能の低下と、強度の貧血で再検査になるのだ。再検査をしても、原因不明で、数ヶ月後にまた検査を受けるように指示されるだけだった。

「音楽か～。音楽もいいよなぁ。気持ちが豊かになるよね」

新たに手に入れた蓄音機の生々しい音を聴いたことから、僕は「趣味」に目覚め、地元の商店街で「蓄音機鑑賞会」を催したり、創作童謡を作詞作曲したり、また縁ができたミュージシャンとの付き合いのため、都内のライブハウスにもしばしば足を運ぶことが多くなってくるのだが、それと並行して職場でのリストラはいっそう進み、人間関係はいっそうギスギスし、多忙なことこの上ない生活になっていくのである。

蓄音機会のポスターは私が描きましたけっこう好評でした。

秋ノ蓄音機會
秋の日のヴイオロンのためいきの身にしみてひたぶるにうら悲し……ご好評の蓄音機會がフラワー通りにかへつて参りました。懐かしの流行歌、レコオド童謡などのプログラムをご一緒に鑑賞しませう。
秋ノ蓄音

「気持ちが豊か」どころではなく、寝る暇もなくなり、さらにはきちんと眠る能力がなくなり、やがてはうつ病にいざなわれていってしまうことになる。

もちろん、そんなことは初めて蓄音機の鮮烈な音色を聴いた、二十一世紀になったばかりのあの春の日には、まだ気づきもしなかった。束の間の平穏がしばらくは続いていたのだ。

相棒の営業

僕が時代の趨勢を担うＩＴ企業で働くようになってからは、家計のことは心配なくなっていた。僕が大黒柱として働き、相棒はとりあえず専業主婦の役割を果たしていたのだ。そして、息子であるところのイグも、年に一度の発情期のとき以外は、温和な良い子だった。その発情期も、それを二度三度と繰り返すうちに、人間もイグもお互いにやり過ごし方がわかるようになってきた。

相棒は漫画のことではいろいろと悩んでいるようだった。特に、自信を持って描いていたイグアナのエッセイ漫画が、またしても突然に連載終了となってしまったことはショックだった。そこで彼女は漫画だけでなく、絵本や絵、さらに物作り全般に守備範囲を広げようと考え、さまざまな人たちに会って試行錯誤を始めた。

「今度、創作人形展に出品するの。面白い作家さんたちが個性的な人形を出すみたいよ。君も何か、やってみる？」

「え、ええっ？　僕が人形？　布を縫うのは嫌だけど、紙粘土とかなら……」

僕も、相棒の新しい趣味に付き合って、週末に突然、物作り作業をしたりするのだった。人形だけでなく、スノードームや豆本、エッチングなども手伝った。

彼女が足を運んだのは、中央線沿線の吉祥寺や西荻窪だった。もともと漫画文化はそちらの地域に親和性があるのだ。実際に新しい仕事を獲得していく助けになるような交友も広がっていた。

無心で描き続けた短編漫画が少しずつ認められたのか、再び古巣の雑誌でチャンスが巡ってきた。増刊号ではなく本誌で短編漫画の連載を始めることになる。このとき彼女は、他人を妬《ねた》むと巨大化するという「ねたみパンダ」なるキャラクターを創造し、自分の持っている負の部分を脱力する笑いに変えるという技を見せてくれた。

「俺にねたませろ」

という決めセリフを言うのが「ねたみパンダ」である。妬みたいから妬むというキャラクターの出現は、「他人の持っているものをとりあえず妬む」という彼女の心の独特の在り方のようで面白かった。しかし、また鳴かず飛ばずで、それほど人気が出るわけでもなく、自然消滅のように終わりになってしまった。

お前
シアワセそうだな
ねたんでやる!!
ねたみ
マイナス思考
クイーンの
私の暗い心が
生みだした
キャラ
ねたみパンダ

「書いているうちに迷いが出てきてつらかったから、いい」

と彼女は言っていたが、半分は本心だろうが、やはり悔しかったと思う。

こうして幾たびかチャンスを掴むものの、それを活かせないでいた。

結婚十年目にして忍び寄ってきたピンチは、この本の主題でもあるところの僕のうつ病だった。

うつ病にかかってしまっ

た僕は、イグアナほどではないが、普通の人の感覚とは大いに異なる行動をしてしまう。また妙なことを口走り、部屋の空気をとても暗くしてしまっていたようだ。僕は仕事を辞めて療養に入ったが、それはそのまま、またしても家計が逼迫《ひっぱく》することを意味していた。

しかし、ここでの相棒の行動はこれまでとは異なっていた。慌てずに漫画の営業を行い、結果的には生活できるだけの収入が得られる仕事を確保してしまった。

「すみません、うちのツレが、うつ病になりまして会社を辞めてしまったんです。なので何か仕事をいただけないでしょうか」

と、僕の病気をむしろ口実にして営業活動をしていた。既存の仕事の量を増やしたり、原稿料を上げてもらったり、さらに新しい仕事を確保した。中でも、書き下ろしの本を描くというコミック・エッセイの仕事を開拓したことは大きかった。

さらにピンチをチャンスに変える決定打になったのは、僕のうつ病を隠さずに営業していたところ、その病気が出版社の社員や印刷関係、コンピュータ技術者から教育者に及んで、同じ病いに苦しむ人が多いということを知らされ、驚いたことによるようだ。

「どこも大変なのかもしれないけど、本当に多いみたいなんだねぇ」

「そんなに多い病気なのに、あまり話題になってないみたいだよね」
と僕の調子が良いときを見計らって、他業種のうつ病についての話題を僕にしてくれたこともある。

相棒は相棒なりに情報を仕入れ、この病気が特殊なものではなく時代の流れの中で同じ病気に苦しむ人が増えていることに気づいたようだ。そして、僕の病気のことを本にしようと思いついたのだ。

彼女の決意は僕にとっても良いほうに働いた。彼女の提案で、僕がノートにつけていた日記は、自分の浮き沈みや客観的な状態を把握するのに役に立ち、また彼女に対するグチが減ったという意味でも良かった。

相棒はじっくりと準備をした。注意深く内容を考え、時間をかけて執筆をしていった。こうして、うつ病についての本が、僕の発病から二年たった春に『ツレがうつになりまして。』というコミック・エッセイとして、出版された。

本が発売されると、病気の家族を持つ立場の人でなく、同じ病気に苦しめられる人たちからまずエールが届いた。本は社会に受け入れられ、役に立つものとなったようだ。下積みの漫画家としての時代が長く、常に「だれそれのナニナニのような漫画を描いて」と要求されながらの仕事を強いられていた相棒が、はじめて個性的な、自分以外の誰も描けない仕事をなし得てしまったことになった。

チャンスをピンチに変えてしまいがちな、攻撃的だけどどこか引っ込み思案なところのある相棒が、ついに大きなピンチをチャンスに変えてみせたのだ。僕はとても感服した。

相棒の漫画を読んで泣き、相棒の恩師が寄せた作品に対するメッセージも読むたびに涙した。読者からの応援メッセージにも泣いた。本が出てから、まるで病気がぶり返したときのように泣いてばかりいたのだが、それは嬉しいところもある涙なのだった。

第6章

『ツレうつ』以後の僕たち

怠けるのが仕事です

僕のうつ病は、薬を飲んでいた期間だけでいうと、三年にわたる。ちょうどその中間ともいうべき、一年半が過ぎた頃に、相棒が描き上げたのが『ツレがうつになりまして。』だ。ここには、闘病一年半にわたる僕の姿が描かれている。

そして、本が出版されたのは、描き上げてから、さらに半年後だった。闘病二年が過ぎた頃だ。

『ツレがうつになりまして。』の最後は「調子がわるいくらいでちょうどいいんだ」と僕が呟《つぶや》くところで終わっている。半年経ったときには、調子のことを気にかけることも減っていた。つまり、良くなったのだ。それでも、本が出る前は臆病な気持ちに囚われて、少しばかり不安な気持ちが続いた。

本が出たら、開き直りの気分に切り替わった。相棒の漫画でユーモラスに戯画化されているとはいえ、僕が病気であることについて書かれた本が、全国の本屋に並んでしまったのだ。

発売された『ツレがうつになりまして。』を手に取って読んでみた。漫画になった僕は、ちょっと可愛かった。途中で頭を丸刈りにし、ヒゲも生やすのだが、それでもなかなか可愛い。僕自身ではないが、僕の分身であり、愛着も湧く。

この本に挿入された僕の文章は、半年以上前に書いたものだったが、かなり四苦八苦して書いた記憶があったのだが、ぶっきらぼうでこなれていないものに思えた。まだ頭が良く回っていなかったのだ、と思った。

そして、ついこの間のことなのに、なんだか遠い昔のことのようだ、とも思った。

この本は、相棒にとって四冊目になる本だったのだが、初めて自分の思っているように描けた、と言っていた。本が出ると、初版の印税が入るので生活が少し楽になる。イグの嫁になる「まぐちゃん」もやってきて、なんだか少し我が家も上向きになるように思えた。

「本も出たし、無理に焦るようなことは一切しなくていいんだよ」

と相棒が言ってくれた。

「そうだなあ……。やっと無理をしないでいいと思えるようになったので、精神的にはすごく楽だよ。でもふと思うんだ。こんなに楽をしてばかりいると怠け癖がついちゃうんじゃないか？」

僕がそんな不安を口にするたび、相棒はやんわりと僕の間違いを気づかせてくれようとした。

「怠け癖って考え方は良くないよ。怠けるのを悪いことみたいに言ってる。そりゃ周りのみんなが困ったなって思うくらい怠けるのは、悪いって言われちゃうこともあるだろうけど、自分で悪いって言っててもしょうがないよ」

「……そうか」

僕は頷いた。それでも、僕には社会復帰できないことの負い目のようなものがずっとくすぶっていた。義務感から行動を起こそうとすると、倦怠感のようなものに足を引っ張られ、また気持ちが憂鬱になってしまったりもするのだ。

「うつ病の苦しみは減ったのだけど、倦怠感みたいなものが残っている……」

「……べつに、それは普通だよ。なんか、超だりぃ〜、って私なんかいつもそう思うよ」

相棒がそう言うので、僕はちょっと噴き出した。

「君はそれでいいんだよ。でも、僕はそういうのが自分に合ってないと思ってんだよ」

「ううん、合っている合ってないじゃなくて、病気でなく怠けているのが悪いって思うキツチリめの考え方が、よくないんだと思う」

相棒は僕の肩の凝りをほぐすように、静かな物言いで続けた。

「怠けているのが悪いって思ってる？」

「思ってるのかもしれない」

「堂々と怠けてください。後半の人生は、怠けるのが君の仕事です」

イグアナは日光浴が仕事のようだが、怠けるのが僕の仕事とは……。

僕は再び、「僕の仕事って何だ？」という疑問で頭を一杯にしてしまった。

若かった頃の僕は、運命と取り引きをしようとした。僕は僕らしく生きたいと願い、そのための仕事を探した。景気が良かった頃には、なんとなく自分らしい生き方ができたようにも思ったが、景気が悪くなると、生活のために働くようになった。

相棒と出会ってからは、家族を持ち、家庭を支えるために働こうと思った。苦手なこともしたし、体力的につらい仕事もした。そして、世の中の先端で働くことに憧れ、変化の激しい国際的なＩＴ企業で働くことで、自分の持っている能力を活かせると思ったのだ。

だけど僕はうつ病になってしまい、社会的なことが基本からできなくなってしまったのだ。今は相棒の庇護でどうにか生きている。大人なんだから仕事をしたいと思う。だけど、仕事ってなんなんだろう？

怠けるのが、今の僕にとって一番いい仕事なんだろうか？

早朝ウォーキングの日々

闘病二年が過ぎて、三年目に入った。

桜の花が咲いて、散り、気持ちのいい季節になった。

僕は朝早く起きて、僕らの住居の横に流れている江戸川沿いを黙々とウォーキングしていた。うつ病の影響はもうほとんど残っていないようだと思っていた。不眠に苦しむこともないし、焦ってイライラすることもなくなっていた。

それでも、天気が悪かったり、何人かの人に会って話をして疲れると、半日から一日も寝込んでしまうことがあった。そんなとき、僕はやはり自分のことを情けないと思った。きっと闘病生活が長引いたせいで、体力が落ちてしまっているのかもと思ったのだ。

それで、ウォーキングをして脚力をつけ、代謝を高めることで落ちた体力が高められるのではないかと考えた。

「歩くのは体にいいって言うよね」

と相棒も言っていた。

それから、主治医の影響もあったのだ。主治医は「診療が終わった後、川沿いに二周して」なんてこともなげに言っていた。マラソンマニアの主治医の体力は実に驚嘆すべきものので、僕は心底うらやましいと思ったものだ。

さて、このウォーキングだが、夜明けの風景を見ているとなんだか気持ちがいい。太陽が出る前に外に出て、江戸川沿いに下っていき、河口の大きな橋を渡っているところで太陽が出てくるのを見ていると、神様にご褒美をもらった気分になった。

うっかりして太陽が出てから始めると、犬の散歩の人たちに囲まれてしまったり、戻ってくる頃に勤め人の出勤時刻になっていたりして、これはなかなかバツが悪い。だからなんとかして夜明け前に始めるように努力していた。

しかし、続けていると、どんどん朝が早くなり、初夏には四時起きになってしまった。それで二時間も三時間も歩いた。そんなことをしていると、昼間に眠くなる。最初は睡魔にも抵抗したが、そのうち負けて、昼寝をするようになった。夜眠りにつくのも早い。

「ちょっと、のめり込み過ぎ」

と相棒に注意をされたが、やめられない。

「健康にいいんだし、これをやっていると自信が出てくるんだ」

と言いわけをしてみた。確かに脚力もついたし、ダイエット効果もあって少し出っ張り気味だったお腹が見事に引っ込んでいた。

「ふーん。なんだか修行のように打ち込んでいるみたいだけど?」

と相棒が言うので、

「これが今の僕の仕事(のようなもの)と思ってやってるんだ!」

と言い返していた。とても真剣にやっていたのだ。夏至《げし》が過ぎて、今度は少しずつ夜明けが遅くなるかと思いきや、今度は太陽が出ている時間になると陽射しが暑くてたまらない。やはり歩く時間は前倒しになっていき、三時頃に起きて歩いていた。

気が付いたら目の下に隈を作り、疲労が溜まっている様子がありありとわかるようになってしまった。それでもやめられない。やめたら負けだと思っていたのだ。

これは、たぶん、軽い躁状態に転じていたふしもある。

それで、四ヶ月ほどウォーキングに凝ったが、雨が続いて歩けなくなったあと、突然また「揺り戻し」に襲われ、起き上がれなくなった。数日間ぐったりと寝てしまい、朝起きができるようになったときにも、歩く気力はもうなかった。

体にいいからってやりすぎるのは困る…
大豆は体にいいんだから
ゆばいため
トーフ
豆乳
もやしいため

「僕は、負けた。自分に負けているようでは、すっかりダメだ」

と言ってみたのだが、ちょっと馬鹿馬鹿しくなった。

歩くことが体にいいといっても、限度というものもあるだろう。

ウォーキングにばかりかまけて、他のことが何もできなくなっていたというのも、ちょっと問題だ。もちろん、ウォーキング熱に浮かれていた日々も、家事をやり、相棒の仕事の手伝いや経理作業はこなしていたのだが、それ以外の読書だの音楽鑑賞だの、テレビを視たり出かけて人に会ったりということがすっかりなくなっていた。

「早起きは三文の得なんだから」

と僕は主張していたが、このウォーキングの早起きで金銭的に得になったことも何もなかった。せいぜい、相棒がこのエピソードを『イグアナの嫁』というエッセイ漫画に描いて、読者の方に楽しんでもらったということくらいである。

自称「専業主夫」

「怠けるのが仕事」「ウォーキングが仕事」と、家庭内転職を繰り返していたような僕なのだが、この頃の正確な職業は（たぶん）「専業主夫」だったのだと思う。

闘病一年目から家事を引き受けようとしていた僕は、この頃に至ってかなりスムーズに家事全般を行うことができるようになった。世話をする相手も相棒だけでなく、グリーンイグアナ夫妻、リクガメ二匹、ヌマガメ五匹、さらにエビやメダカや観葉植物や水草など。僕がおだやかな気持ちで接すれば、みな生き生きとして楽しそうに生活しているように思えた。

家計を節約すべく、買い物にも凝った。ウォーキングで足腰を鍛えていたので、かなり遠くのスーパーにも足を伸ばして行ってみた。ホームセンターや大型電器店にも歩いて行った。

夏場になると、我が家は熱帯状態になる。放し飼いにしているイグアナたちのために、あえて冷房を使わないのだ。しかし人間のほうは、かなり夏バテ状態になる。それで、色々なエスニック料理に凝った。中近東風の米料理や、インド料理や、ベトナム料理など。僕の流儀なので、肉や魚は使わない。しかし夏も後半になるとだんだん疲弊が激しくなってきて、ソーメン、枝豆、冷やしトマトなどの喉越しの良いものに走るようになってしまった。あとは近所のお蕎麦屋さんに行き「冷やしムジナ蕎麦」を食べる。ムジナ蕎麦とは、タヌキとキツネの具を両方載せてもらったものである。

お蕎麦屋さんを始め、近所の商店街の方々には闘病中、本当にお世話になった。お蕎麦屋さんは、山本周五郎の『青べか物語』にもその名前が登場する老舗なのだが、病気になる以前からネットが縁で親しくしてもらっていた。僕がうつ病になったときも、ごくごく普通に愛情を持って接してくれていた。お菓子をもらったり、オカズをもらったり、言葉にして書くと何ら特別なものにはならないが、ごく普通に下町の人間関係の中に入れてもらっていたことが、僕にとってはとても心の支えになっていたのだ。

それから、お蕎麦屋さんの隣に相棒が懇意にしてもらっている「手作り品」を展示販売するアトリエがあった。僕もここに出入りするようになった。木工や陶工、服飾やアクセサリー、一見なんだかわからないオブジェを作る作家さんたちとも知り合いになり、いろいろな話をした。個性的な作家が多く、優しい人から厳しい人、繊細な人や豪快な人、さまざまなタイプの人と会うことができた。素材とじかに自分の感性で向かい合う人たちは、それまで僕が会社勤めの場で出会った人たちとはまったく違うタイプの人種だった。僕はもしかしたら、自分も本来はそちら側の人間だったのかもしれないなあと思った。僕の場合は、自分の手で向き合う素材と出会うことがないまま、頭で考えることを優先させていくような育ちをしてしまったのだが。

アトリエのお客さんには、裕福な女性客が多かった。独身の人もいたが、主婦の人もいた。僕はそこで何度か自分の立場を語ることになった。「うつ病で会社を辞めて、今では専業主夫をしています」と。

すると、たいていはギョッとされるような反応があったように思う。そして「奥様はいいわねえ。うちの人なんか何もしないから……」というような、あたりさわりのない展開に持っていかれることが多いのだった。

しかし、「専業主夫といっても、子育てをなさっていないのじゃ、何か違うわね。それは病人のリハビリに過ぎないわね」というようなことを言われてしまうようなこともあった。

彼女らの感覚では、子育てをしないと「プロの専業主婦（主夫）」ではないのだ。僕などは、まだまだ「アマチュアの専業主婦（主夫）」の域にしか達していないと暗にいさめ

専業主婦って何だ？
私が
専業主婦です
と言うと
それじゃヒマでしょ家で何やってるの？
ツレが
専業主夫です
と言うと
求職中なのね
専業主婦(夫)は決して「仕事」とはみとめてもらえない
休みもないし給料もないし
でも主婦がいないと家庭はなりたたない大変な仕事なのにね
なんでだろうね

られてしまうようなのだ。

「くくく、悔しい。爬虫類の育児じゃ、やっぱ、ダメか」

と僕が悔しがるのに、相棒は笑って突っ込みを入れた。

「子育てしてみてもさぁ～、今度は自分で産んでないって言われちゃうのがオチだよ。君は永遠に勝てないよ」

「産めるものなら自分で産んでみたい」

「産ませられるのなら、私も産んでもらいたい」

と相棒は言っていた。

僕らには子供ができなかった。少子化が加速度的に進行している今の日本社会も、実のところ子供を望んでいないようだとは思っていた。子供がいたら、僕のうつ病闘病もずっと困難なものだったろう。だから、そのことに納得はしていた。僕らは子供のいない夫婦としての生活をしていく。子供のいないご夫妻の作家さんのエッセイなどを読んで、これが将来の僕らの姿であれば良いなあと思っていた。もちろん、子供がいる夫婦だってやがては夫婦二人の生活に戻る。そんなとき、二人でいろいろなことを話し合いながら（時にはケンカもしながら）、二人だけで向き合って暮らしていくのだろう……。

ただ、子供もいない状況なのに、家事を一手に引き受けているというだけで「専業主夫」と開き直ってみるのも、少しばかり心苦しいものもあった。家事をきちんとすることは、決して楽ではないが、家電製品や便利なサービスなども存在する。女性でも専業主婦というと「働いていない」と見なされがちな世相なのに、男の専業主夫（育児抜き）では、いくら気を張って働いていても、なんだか説得力がないような気がしてしまうのだった。

主夫が会社を設立

僕は「専業主夫　ツレ」と書いた名刺を作り、持ち歩いていた。

相棒の『ツレがうつになりまして。』が、目新しい本として注目され、あちこちの雑誌の取材を受けることになった。それで名刺を作ってみたのである。

だけど、恥ずかしいので、ついつい名刺は出さず終《じま》いになった。別に主夫というのが恥ずかしいのではなく、漫画に描かれた当人という存在が恥ずかしかったのであるが。

スーパーのメンバーズカードの登録の際や、健康診断などで職業を訊かれた際には「主夫」と答え、選択肢から選ぶときは「専業主婦」に丸をつけていた。ようやく「専業主夫」が板についてきたように思えていた。

ところが、そんな僕がなんと会社を設立することになってしまった。

平成十八年の春先に商法が改正され「会社法」というものが制定された。それに伴って、簡素な手続きと少ない資本金で株式会社を設立することができるようになった、らしい。

平成十八年の八月八日には、縁起を担いでこの日に設立した法人が多かったということを、何かのニュースで聞いていた。そのときはまさか、自分も会社を作ることになるとは思わなかった。

しかし、ちょうどその頃に、相棒の本がテレビや雑誌で取り上げられることが相次いでいて、本の売上がどんどん伸びていた。相棒はその年の初めから、個人事業主の「青色申告」を選択していた。青色申告では、書籍が増刷になった時点で「売上」となり、収入として計上しなければならない。発生主義というやつだ。

だけど出版社の中には、増刷を通知してから一年近くも印税が支払われない会社もある。

「来年の春には、税金を払うお金が足りないかもしれない」

と僕は焦って相棒に言った。

「足りないとどうなんの？」

「徴税官という人が来て、財産になりそうなものを差し押さえるんだ」

「ひぇ〜」

僕たちは慌てた。

「うちは借家だし、車もないし、何も財産になりそうなものなどないよ」

「競売にかけられるんだよ。君のコンピュータとか、エアコンとか、イグの温室とか。ちょこちょこ売りさばいて払えない分を埋めるんだよ」

温室は三万円もしたのだ。もしかしたら成獣になったイグアナもいい値段になるのかもしれない。

「コンピュータ差し押さえられたら、私仕事できないよ。困るよ。どうするんだよ」

どうするんだよと言われ

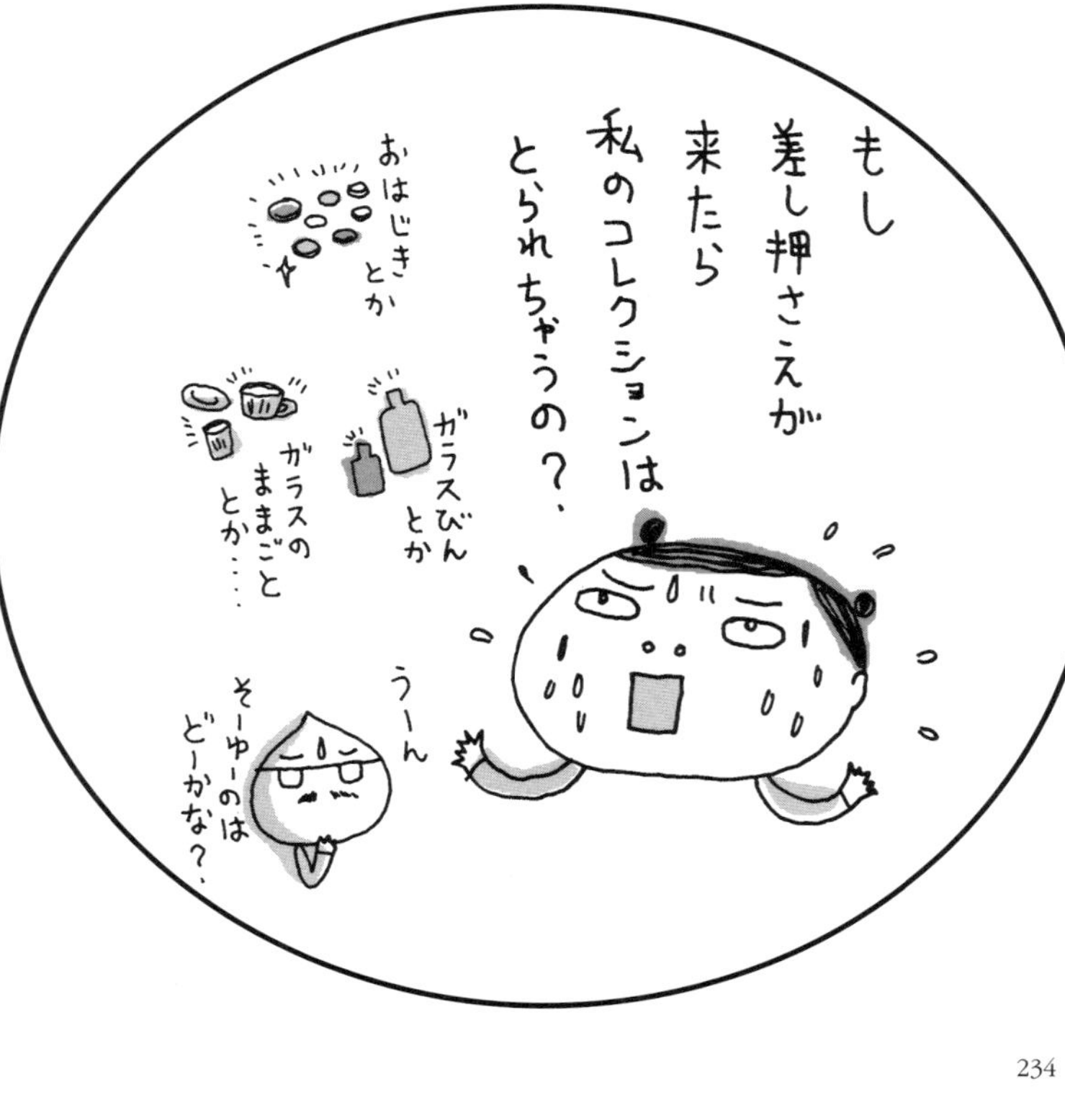
もし差し押さえが来たら私のコレクションはとられちゃうの？
おはじきとか
ガラスびんとか
ガラスのままごととか……
うーん
そーゆーのはどーかな？

て考えついたのが、会社の設立だったのだ。設立した時点で、新規の会計年度になるから、払う税金はそこまでの売上で締めることができる。これは良いアイディアに思えた。

それで、僕は自分の布団の横にビジネス書や新会社法関連の書籍を積み上げ、読みふけった。かなり真剣に取り組んだと思う。

実は個人事業主の青色申告の場合「平均課税」という考え方があるので、突然売れてしまった場合でも対処の方法はあったのだが、そのときの僕はそれを知らなかった。起業こそが全てを救うと信じて、会社を作ってしまったのだ。

株主を募り、会計士さんを紹介してもらい、公証人役場というところにいって定款を認証してもらった。それから相棒と梨畑の真ん中にある法務局に行った。

書類は受理され、あっけなく会社が設立されてしまった。

いろいろな手続きの際に、相棒に面倒をかけられないと思っていたので、僕が代表のところに名前を書いていた。会社の設立が認められ、謄本のコピーを発行してもらって、会計事務所に報告に行くと「社長、おめでとうございます」と言われてしまい「これはおめでたいのか？　僕は社長なのか？」と改めてビックリした。

そんなわけで、今では自分たちの家の中に、会社ができてしまった。僕らはその会社に雇われて役員として働いているらしい。毎月給料も出ている。僕は代表でもあるが、経理部長と営業部員も兼任している。相棒は専務で事業部長と営業部長の兼任だ。

もっとも相棒には「会社のことをやるのはいいが、家事に差し障りのない程度にね」と釘を刺されてしまった。実際にはやはり、養ってもらっている身である哀しさだ。

この「会社ごっこ」のような会社運営をするにあたっては、かつて石油商事会社で働いていたときに、総務畑で得た知識が意外にも役に立った。あの会社では手書きの表計算とソロバンで「貸借対照表」や「損益計算書」を作成していたが、非能率ゆえに基本的な知識をじっくりと身につけていたのである。こんなところで役に立つことになるとは思ってもみなかった。

助けられた書物たち

うつ病から回復してくるときには、いろいろなことでクヨクヨと悩んだ。言葉で悩むのが良くないのでやめようと思っても、言葉で悩んでしまうのがこの病気のつらいところだ。そんなとき、僕は日記を書いたり、本を読んだりした。

回復の当初は、稚拙《ちせつ》なグチめいたものだったのだが、だんだん言い回しや侘び寂びのような情感がこもってきて、文章も長くなってきて、どっぷりと文学的になってしまった。

そして読む本も、相棒に言わせると「抹香臭《まっこう》い」本が多かった。

僕ら夫婦はクリスチャンであるのだが、闘病中に読んでいた本はなぜか仏教の本が多かった。それから老子や荘子、荀子や孫子などの東洋思想に、ユング派の分析心理学なども。

うつ病についての本もずいぶん読んで、中には助けられた本もある。

キリスト教では自殺を禁じているわけなのだが、闘病中に死にたい気持ちに歯止めをかけることはできなかった。たぶん、そうした大切な教えも、頭でわかっているだけで、心の底まで沁みていなかったのだ。

ご参考までにというのではないが、当時僕が読んだ本のリストを挙げておこう。

まず、なんといっても役に立ったのは、常日頃から表現をすることを生業《なりわい》としている人たちの闘病についての本だ。うつ病（躁うつ病）や精神疾患を体験した人のエッセイである。

中島らも『心が雨漏りする日には』（青春出版社）
原田宗典・町沢静夫『ぼくの心をなおしてください』（幻冬舎）

吾妻ひでお『失踪日記』（イースト・プレス）

上野玲『僕のうつうつ生活～疲れた心の休ませ方』（光文社）

……この中で、何度も何度も読んでしまったのは『失踪日記』だ。吾妻ひでおさんの類書も読んだ。シャープな絵柄の向こうに、この世の生きにくさの本質みたいなものの香りがして、それが僕にとってとても馴染み深いものに感じられたのだ。

次に役に立ったのは、お医者さんの書いた本だ。僕自身との相性ということもあって、どうにも読んでいてもつらいだけの本も多かったのだが、これらの本には助けられた。

野村総一郎『うつ病をなおす』（講談社）
大野裕『「心の病」なんかない。』（幻冬舎）
大野裕『「うつ」道場！』（文藝春秋）
笠原嘉『軽症うつ病――「ゆううつ」の精神病理』（講談社）

……この中で注釈を加えたいのは最後のものだ。ここで言う「軽症」とは症状が軽いということではなく、原因が特定できないという意味合いのようだ。この本では病気のときに味わうゆううつ感情との付き合い方を含め、とても慎重かつ客観的に記載されている。自分を客観的に摑むのにも役に立った。

それから、自殺念慮に苦しめられたときには、精神分析の本が役に立った。ユング派分析心理の本になるのだが、

D・ローゼン著　横山博 監訳『うつ病を生き抜くために』（人文書院）

……この本は、値段は高いが読み応えも十分だ。自殺念慮を自分の中の不完全な「自我」を乗り越えたい衝動ととらえ、具体的にどう自分の中でイメージ化していくかを実例を挙げながら解説している。

他に仏教関連で

ラマ・ケツン・サンポ　中沢新一共著『虹の階梯』（平河出版社）

鈴木大拙『禅学入門』（講談社）

上田閑照　柳田聖山『十牛図―自己の現象学』（筑摩書房）

新井満『十牛図―自由訳』（四季社）

……といったところを。十牛図とは、禅宗で語られる自分探しを「牛を探す人」に喩《たと》えて表した十枚の絵だ。途中で牛も自分も何もいない不思議な円相が一枚挿入されている。

東洋思想では

小川環樹訳注『老子』（中央公論新社）

楠山春樹『老子入門』（講談社）、『「老子」を読む』（PHP研究所）

野村茂夫『老子・荘子』（角川書店）

浅野祐一『孫子』（講談社）

……東洋思想で一番心構えとしてしっくり来たのは「老子」だ。何もしないのが一番良いという思想は、そういえばうつ病のときの闘病姿勢と同じかもしれない。何につけても達観できていない僕は、その「何もしない」ということが、どうしてもできなかったりもするのだが。他に「何かと闘う」闘い方を教えてくれる「孫子」もいい。

こんな相棒に恵まれて

ネイティブ・アメリカンのホピ族の言葉では、過去は視線の前方にあり、未来は頭の後方にあるというのだそうだ。なぜなら、過去は近いものほどよく見え、遠いものでもかすかに見えるからだ。しかし、未来のことは頭の後ろにあって、何も見えない。

僕ら現代の日本人は、未来は前方にあって、過去は置き去りにしてきたものとして後ろにあると思っている。きっと、未来のことも見えているように感じているのだ。

僕も（帰国子女だけど）日本人だから、自分の未来はこんなふうだと、それなりにわかっているつもりでいた。だけど、振り返ってみると、いつでも自分の未来は予想もつかないほうに転がっていっているようだ。

突然（あとから考えれば予兆があったのだけど）僕はうつ病になってしまい、壊れた自動車のようになってしまった。それでも無理して動かし続けて、本物のポンコツになってしまった。そして闘病生活に入った。病気になっちゃったのである。

一年目……病気は治らない。

二年目……少し良くなってきたようだ。

三年目……おお、マトモらしくなってきたぞ。

というところで、今この本を書いている。しかし、この病気では存分にギュウと言わされてしまったので、もう自分のことを「他の人よりも頑張りのきくスーパーマン」とか思うことはいっさいない。

しかし、うつ病というのは、なんと妙ちくりんなヘンテコな病気なのだろう。

うつ病は「主体が病む」のだ。

現代の医学では、脳内の神経伝達物質が異常になってるということだそうなので、れっきとした「体の病」なのであるが、体験としては心がヘンになってしまう。

お酒も飲まないのに二日酔いになっているようなものだ。

仕事をしていると、失敗ばかりしてしまう。対応のまずさで傷口を広げてしまう。

辞めて家で寝ていても、当初はグッタリ。治ってくるとグチグチ。そして死にたくなる。

大事なものを失くしたとか、将来は何もいいことがないとか、生きていてもいいことが何もなかったとか、今まで言ったことのないようなことを口にしている。

刺激に弱く、悪意にも弱く、なんだかいつでも追い詰められている。

それが少しずつ良くなり、また悪くなり、波を描くようにして回復してくる。

決して元のように戻れないが（病気になる前は無理をしていたのだから）回復して別のところに戻ってくる。

今まで、知らなかったものや興味も覚えなかったものが、向こうから自分のところにやってくる。世界にはこんなものもあったんだぞ、というように。

そして、ある日ふと、生きていて良かったと思うのだ。そんな病気だ。


病気をしたことも、意味があったのかもしれない。今ではそう思う。いろいろなことを知ることができた。

冬の昼間の陽射しの柔らかさ。植物がゆっくり成長してゆく様子。

家事をしながら、しょっちゅう水に触っている気持ちよさ。

ひょろひょろと水槽の中を泳ぐエビの愛らしさや、ゴジラ映画のワクワクする感じ。

平日の午前中の図書館や、スーパーの閑散とした感じ。

夏休みの日中の子供たちの騒ぐ声……。


そして、何よりも、僕のパートナー、相棒殿への見方が変わった。

彼女のがまん強さ。ユニークな物の見方。

ちょっとやそっとではへこたれない、芯の強さ。

意外にハングリーで、攻めには強く、しかし足元はおぼつかないところ。

才能はあると見込んでいたが、ここぞというところで本当に凄かった。

僕は宝物のような女性と結婚したのだ、と気がついた。


僕が勝手に、不幸のどん底に入ってしまい、自分自身を含めて誰も信じられなくなり、つらいつらいと泣いていたとき、彼女はどんな気持ちだったろうかと思う。彼女がどんな言葉をかけても、僕はそれを拒絶して、誰も僕の苦しみを分かってくれないと嘆いていたのだ。

「部屋がね、とても、暗いんです。一緒にいると、飲み込まれるよう」

と彼女は喩《たと》えていた。

でも、飲み込まれることなく、自分を強く保っていた。そして、僕が立ち向かえなくなった世の中から僕を守り、働き、病気のことを描き、大逆転のホームランを打ってしまったような活躍をみせた。僕はとてもびっくりした。

知り合ってこのかた、僕は自分とよく似た女性と結婚したのだと思っていた。しかし、僕が、彼女のマネージメントや経理など「守り」の側面を固めていると、彼女は「攻め」に徹していて、そんなときは実にいきいきとしているのだ。社会との関わりで、こんなにも性格が対照的だったなんて、これも病気にならなければ気づかなかったんだなあと思った。

うつ病の闘病を三年やっていて、僕はＩＴ業界の流れからは完全に落ちこぼれてしまった。もう最新のＯＳを扱うこともできない。最速のハードウェアや、最新の媒体とも無縁だ。だけど、なんと僕の貧血が治ってしまった。内臓の数値も正常になった。

こんなこと、以前には想像もできなかったことだ。

未来は頭の後ろにある。そこには何があるのか、後ろに目がついていないから、ちっともわからないのだ。

おまけ……十二年目の結婚講座

二〇〇七年の九月二日に、結婚講座の同窓会があった。

今回はまた、二年ぶりだ。前の年は、神父様がアメリカの故郷を訪ねていたので開催されなかったのだ。その前の年にあった前回の同窓会、二〇〇五年のときのことは『ツレがうつになりまして。』にも書いたのだが、相棒が突然泣き出して、僕はとてもびっくりした。病気が回復してきて、電車に乗って教会まで来ることができたことが嬉しく、二人でそれをしみじみと噛み締めていたのだ。

「順境のときも、逆境のときも、病気のときも、健康のときも……」

という、結婚の誓約を再び繰り返して唱えていて、その言葉がひときわ重いものに感じられた。本当に、結婚というのは、幸福で楽しい側面もあるのだけど、重くて逃げられない枷《かせ》に変わったりもする。だけど、相棒は逃げ出さずに支えてくれた。

その涙のことと、僕らが通ってきた道筋を、同窓会が終わってからもずっと考えていた。

そして、僕はそのことを『ツレがうつになりまして。』の中に、短い文章として載せた。「本当に済まなかった。支えてくれてありがとう」という相棒への感謝の気持ちを盛り込んだ。

そんな形で、このときのことを書いてしまったので、ふたたび結婚講座の同窓会に出席するのはちょっと気恥かしかった。もしかしたら、他のメンバーも僕らの本を読んでいるかもしれないと思ったからだ。

でも、たぶんそれは杞憂《きゆう》だった。いや、読んでいたのかもしれないけど、みんなそれどころじゃないぜ、って感じだった。結婚十二年目にして、メンバーの中にはお子様連れがどんどん増えていた。早いうちに子供を産んでいたカップルのところでは、もう小学生になっている。小学生の子供たちは、相棒にイグアナの漫画を描いてくれとねだっていた。

子供がいないカップルも充実した楽しい日々を送っているようだ。

神父様が、皆を集めて、かつての結婚講座のときと同じように、夫婦の一人一人と、大きくなった子供たちに、それぞれの立場での近況報告をさせた。二年ぶりだから時間も二倍だ。でも、二年前に聞いた報告とあまり変わっていない。ロシアの文豪が言っていたように「幸福の姿はそれぞれ似ている」のかもしれない。

「それほど変化もない日々ですが、そうそう、子供が二人とも小学生になりました。最近印象に残ったできごとと言えば……」

そんな感じだ。

でも、今回はまた、我が家の報告は一味違うのだ。

順番が来たので、僕は坊主頭をさすりながら席を立った。そして、報告を始めた。

「……前回のときは、僕が病気になって、治ってきたばかりだったので、大変だったという話をしたと思うのですが、それからぐんぐん良くなりました。彼女（と相棒を示して）が僕の病気のことを本に描いてくれて、それがヒットになりました……」

うんうんと皆が頷いている。やっぱり、そのことは、ちゃんと知られているのかも。

「……それで僕は、彼女の手伝いをしたり、家事をしたりして生活しています。そして、とてもビックリした報告があります。それは、結婚十二年目にして、なんと子供ができてしまったのです。彼女が肥ったように見えるのは、お腹に赤ちゃんがいるからです」

拍手が起きてしまった。神父様が「それは良かったですね、オメデトウ」と笑って言ってくれた。

「そうなん、です」

と相棒は口を挟んだ。まだ彼女の順番ではないのだが。……僕は続けた。

「……そうなんです。病気になって、寝てばかりいたので、健康になって子供ができました。子供のことはあきらめていたのに、とっても不思議な感じです。来年はきっと、三人で来ると思います。子育てのことを、みなさん色々教えてください……」

と僕は報告を終えて、椅子に座った。ぱちぱちぱち、と大人も子供も拍手をしてくれている。相棒の番だ。

「……本当にびっくりすることばっかりで、三年前はもう、どうしていいかわからない状態だったんですけど、いろいろな人に助けてもらって、ツレもこんなに良くなりましたし、仕事も順調になったし。何が起きるかわかりません。グリーンイグアナのイグちゃんが一人息子だったんですけど、なんとイグちゃんはお兄さんになることになりました」

相棒がお腹をさすりながら言う。イグちゃんが大好きな子供たちが、ニコニコしながら自分たちのお母さんの顔を見たりしている。よかったね、って言葉が声になっていないけど聞こえている。

二年前と同じように、相棒の目が真っ赤になり、ちょっと涙が出ていた。

でも、大丈夫だ。笑っている。神父様も「それはそれは、イグちゃんも良かったですね。いい子にしないといけませんね。それじゃ次の方」と笑いながら進行をつけてくれた。相棒は軽く会釈をして座った。

うん、大変なのは、これからだ、と思いながらも僕もニコニコしてしまうのを止めることができなかった。

やっぱりゼイ肉と赤ちゃんはちがうなぁ
ふー苦しい
パパでちゅよー
お兄ちゃんだよー

おわりに
貂々からのひとこと

この本を読みおわってツレに言いました。
「こんなに美化して書かなくていいのに」
でもツレはこう答えました。
「僕にとってはああいう風に見えていた。
だから美化してないし 真実だ」
物事のとらえ方、感じ方は ひとそれぞれ
びみょうに ちがいます。

結婚講座に通っていた時
一番たたきこまれたことは
「相手の性格は一生変わらない。
だから相手を変えようとするのではなく
自分が変わらなくてはいけないのだ」でした。
私はツレの性格を受けとめて わかっていた
つもりだったけど、この本を読んだ
自分の動揺ぶりから、まだまだだったんだ
と思いました。
ツレの書いた本を最後まで読んでくださった
みなさま、本当に ありがとうございました。

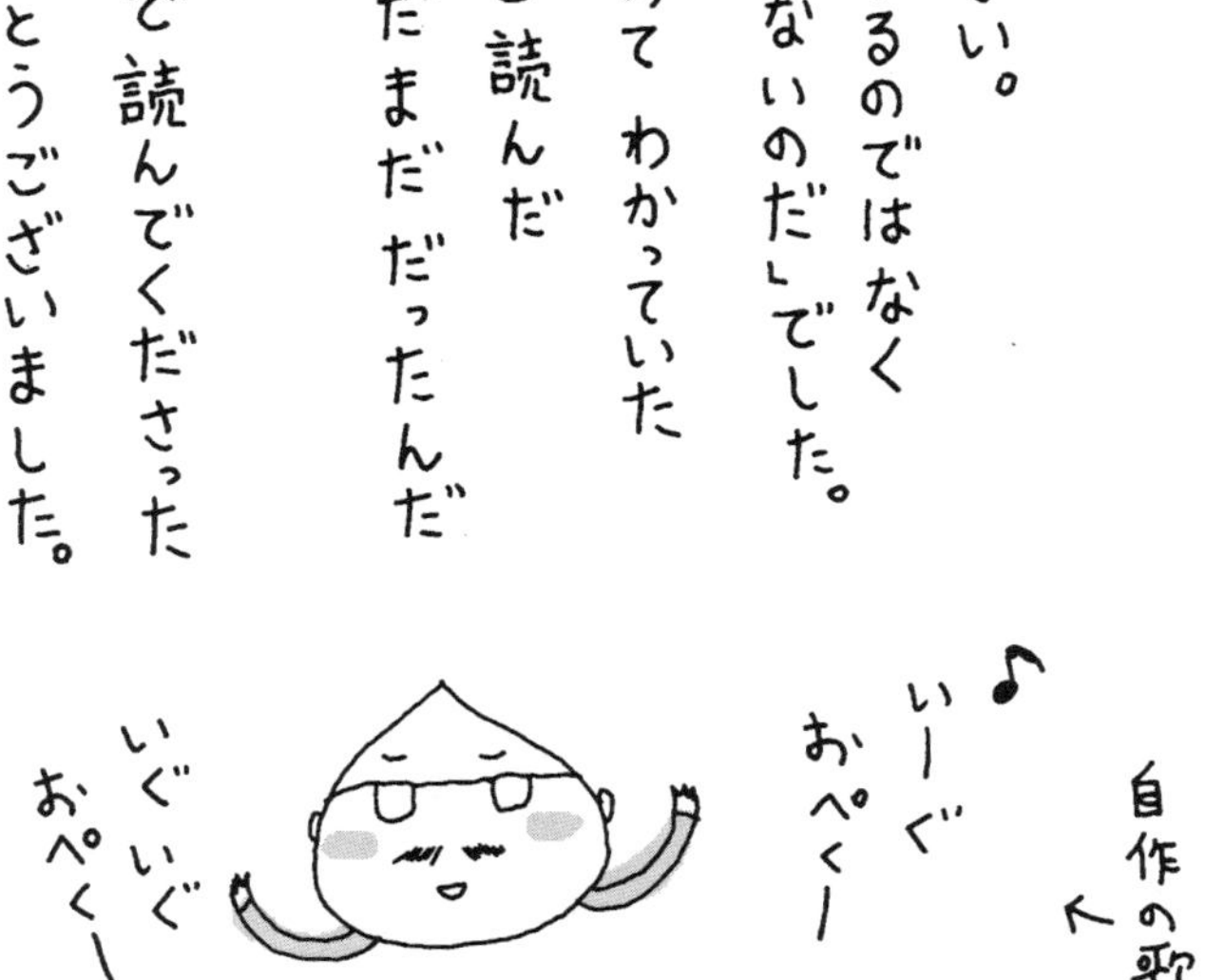

装幀　　大久保明子

望月昭（もちづき・あきら）

1964年東京生まれ。細川貂々の相棒で、作中では通称ツレと呼ばれている。幼少期をヨーロッパで過ごし、小学校入学時に帰国する。セツ・モードセミナーで貂々と出会う。卒業後、外資系IT企業でスーパーサラリーマンとして活躍するも、ある日突然うつになる。その闘病生活を描いた『ツレがうつになりまして。』（幻冬舎）がベストセラーに。共著に『専業主夫ツレのプチベジ・クッキング』（角川SSコミュニケーションズ）がある。

細川貂々（ほそかわ・てんてん）

1969年生まれ。セツ・モードセミナー卒業後、漫画家・イラストレーターとして活動。10年間の助走期間を経て、『ツレがうつになりまして。』でブレイクする。他の著書に『その後のツレがうつになりまして。』『イグアナの嫁』（以上、幻冬舎）、『きょとんチャン。』（メディアファクトリー）、『どーすんの？私』（小学館）などがある。

こんなツレでゴメンナサイ。

２００８年4月２５日　第１刷発行

著　者　望月《もちづき》　昭《あきら》　　画・細川貂々《ほそかわてんてん》（てんてん企画）

発行者　木俣正剛

発行所　株式会社　文藝春秋
〒102-8008　東京都千代田区紀尾井町3-23
電話　03-3265-1211

印刷所　図書印刷株式会社

製本所　大口製本印刷株式会社

定価はカバーに表示してあります。

＊万一、落丁乱丁の場合は送料当方負担でお取替えいたします。
小社製作部宛にお送りください。

ISBN978-4-16-370150-9